时文精粹

Shiwen Jingcui

（哲思卷）

让生活浓烈地爱上你

陈晓辉　一路开花◎主编

煤炭工业出版社

·北 京·

图书在版编目（CIP）数据

让生活浓烈地爱上你/陈晓辉，一路开花主编．--北京：煤炭工业出版社，2015（2023.1 重印）

（时文精粹）

ISBN 978-7-5020-4964-5

Ⅰ.①让… Ⅱ.①陈… ②一… Ⅲ.①散文集—中国—当代 Ⅳ.①I267

中国版本图书馆 CIP 数据核字（2015）第 206835 号

让生活浓烈地爱上你

主　　编　陈晓辉　一路开花
责任编辑　刘少辉
责任校对　郭浩亮
封面设计　宋双成

出版发行　煤炭工业出版社（北京市朝阳区芍药居 35 号　100029）
电　　话　010-84657898（总编室）
　　　　　　010-64018321（发行部）　010-84657880（读者服务部）
电子信箱　cciph612@126.com
网　　址　www.cciph.com.cn
印　　刷　北京飞达印刷有限责任公司
经　　销　全国新华书店

开　　本　710mm×1000mm 1/16　**印张**　12 1/2　**字数**　160 千字
版　　次　2015 年 10 月第 1 版　2023 年 1 月第 4 次印刷
社内编号　7810　　　　　　　　**定价**　46.00 元

照向心灵的一束光

雪 炘

我特意翻了一下日记，2013 年 12 月 19 日。

我是时间概念很差的人，但这个时间我必须记得。因为那天是我第一次见到她，虽然只是微笑着彼此路过，但我断定我们会成为好朋友。

一周后，我们果然在医院再次相遇。那时候她被诊断为脊椎内肿瘤，要住院手术，开始无止境的治疗。家人怕她在医院状态不好，就在医院旁边的小区里买了一套小公寓，让她不要有太大的心理落差。

是，她的家庭条件很优越，自身也才貌双全。虽然学的是时装设计，但钢琴弹得一级棒，手绘作品也是跟大公司长期签约合作的，舞蹈天赋也让人赞叹不已。她是童话故事里走出来的公主，却像散落在人间的邻家姑娘，温和、善良，笑容如花绽放。

她说，你一个人来看病啊？走，我带你回家。

我跟她玩了几天，就匆匆回家，因为我还是没有力量去接受手术。

第二次去北京是春节后，她刚做完手术。她的精神状态显然要比之前差，像一盆向日葵忘记了浇灌似的。

我说，你那么勇敢，一定会好起来的。

她躺在床上笑了笑，问，你这次还急着回家吗？

我说，我也想治疗，可是找不到理由，没有一种力量让我觉得它是有意义的。

那次在北京待了半个月，每天跟她一起听她男朋友为她录的有声连载故事，从早笑到晚，从月起笑到月落。

男孩很沉默，每次见到我，连微笑都是奢侈。我真的想不到，这样的人能把书里的每个人物都演绎得那么生动逼真。从痞子到绅士，从中国腔到老外蹩脚的中文，从独说到众吼，每个细节都处理得恰到好处。包括配乐，情景特效，简直无可挑剔。

我俩笑到双腿发颤。

我说，你把这些音频发在网上，他肯定一夜爆红。

她说，我也觉得，可是他不让。

我说，为什么呀？

她说，我不知道。

我心想，真是个很机车的奇葩男。

从那时起，我便知道她的勇气是从哪儿来的了。如果我有一个那样的男朋友，或许我也会义无反顾吧。只是我想，要遇到这样的奇葩男，应该要到下辈子了。

可是，这个世界很奇妙。

再次去北京是2014年12月，我决定手术。

她已经高位截瘫，准备第三次手术。她坐在轮椅里，紧握着我的双手，不断地问，亲爱的，你遇到奇葩男了，对不对？

我用力点头。

没一会儿，她就昏睡了过去。医生说，这是因为太过疼痛，所以晕厥了过去。可是她自始至终没说一个“痛”字，连痛的表情都没有。

我在病房外安静地痛哭。

我进手术室前给她发信息，因为我怕自己会哭。她说，亲爱的，放心吧，爱是最好的天使，它会守护你的。

手术很顺利，三个月后我回京复查，她介绍一位姐姐给我认识。那位姐姐高位截瘫后，拜访过史铁生先生两次，说他是个特别好的人。听完她的困惑，史铁生先生说，你现在还年轻，不知道什么是绝望，但是随着年龄的增长，你就会明白。所以你要保持阅读，坚持写作，将来才有可能对付绝望。

绝望是什么？每个人都会有，还是只有被病痛围绕的人才有？我不知道。我只知道，人只有在内心平静、生活安稳的时候，才能接收到外界信息。就像只有那个人，才能给你坦然面对一切的勇气。

2015 年 5 月 4 日，她带着微笑离开了这个世界。她男朋友，不，应该说她丈夫——在她的葬礼上说——她还在的时候，我就不想把时间用在其他地方；因为我知道，我们缺的不是钱，也不是被多少人认可和喜欢，我们缺的是时间；时间用完了，就什么都没有了……

他早已泣不成声。

时间不会为任何人停留，哪怕半秒，哪怕你哭喊着说，等等我，等我擦干眼泪，等我鼓起勇气，等我说服自己，等我看清楚未来的路，等我不再担心彷徨。

我渐渐理解了史铁生先生说的那句话。其实阅读是不能救赎痛苦的，因为在痛苦的时候，一切都没有用，一切都只会加剧疼痛。阅读是平时坚持给心灵积累力量，才能在痛苦来临的时候找到闪着光的方向。如果痛苦没有摧毁你，那它日后一定会成就你，成为只有你才有的美丽花纹。

我们是无法战胜痛苦和绝望的，就像无法战胜死亡一样，我们能做的只是不被它压倒。而阅读，就是在绝望中照向心灵的一束光，它让你看到光明，寻到希望，让你绝地逢生，柳暗花明。

2015年5月12日

书于陕西杨凌

雪炘，先天性脑瘫患者。拒绝《感动中国》栏目组邀请，拒绝接受残疾补助。热爱生活，尊重平凡。其文章常见于《青年文摘》《思维与智慧》《疯狂阅读》《做人与处世》《课堂内外》《知识窗》等杂志，并入选多部图书。获全国性文学奖数次。

目 录

第一辑 总会有人比你更努力

年轻时候的伤感，大都流于形式。那些觉得自己坚持不下去的日子，其实是种自我妥协。告诉自己，再努力一点，这是属于自己的独角戏。

第二辑 所有绝境都必藏生路

你想成为什么样的人，那你就得承受相同级别的考验。在皇冠加冕之前，你只需要做好自己。要知道，机会从来都是留给有准备的人的。

第三辑　奋力跃起,完美落地

你要去相信,去孤单,去爱,去恨,去浪费,去闯,去梦,去后悔。你要相信,没有到不了的明天。

第四辑　赢在奔跑过程中

人的成长,不是一时的高低,而要在一路上分出胜负。走走停停,经历挫折,发现兴趣,练就品德。人就是这样成长,并成熟起来的。

第五辑　只管耕耘，莫言收获

一个人如果能蛰伏下来，不动声色地努力，可以忍耐生活，那他总有一天会崛起，从而散发迷人的光彩。

第六辑　做自己命运的设计师

每个人在一开始都是空白的，亟待自己用彩色的画笔勾勒出最美最成功的自己。可是后来很多人都成了别人的样子。你的命运是掌握在自己手里的，别人再风光，那也只是别人，今生，你要为自己活！

第七辑 你不坚强,流泪给谁看

没有人可以救自己,也没有人可以打败自己。坚强一些,你真的可以做自己的主人。

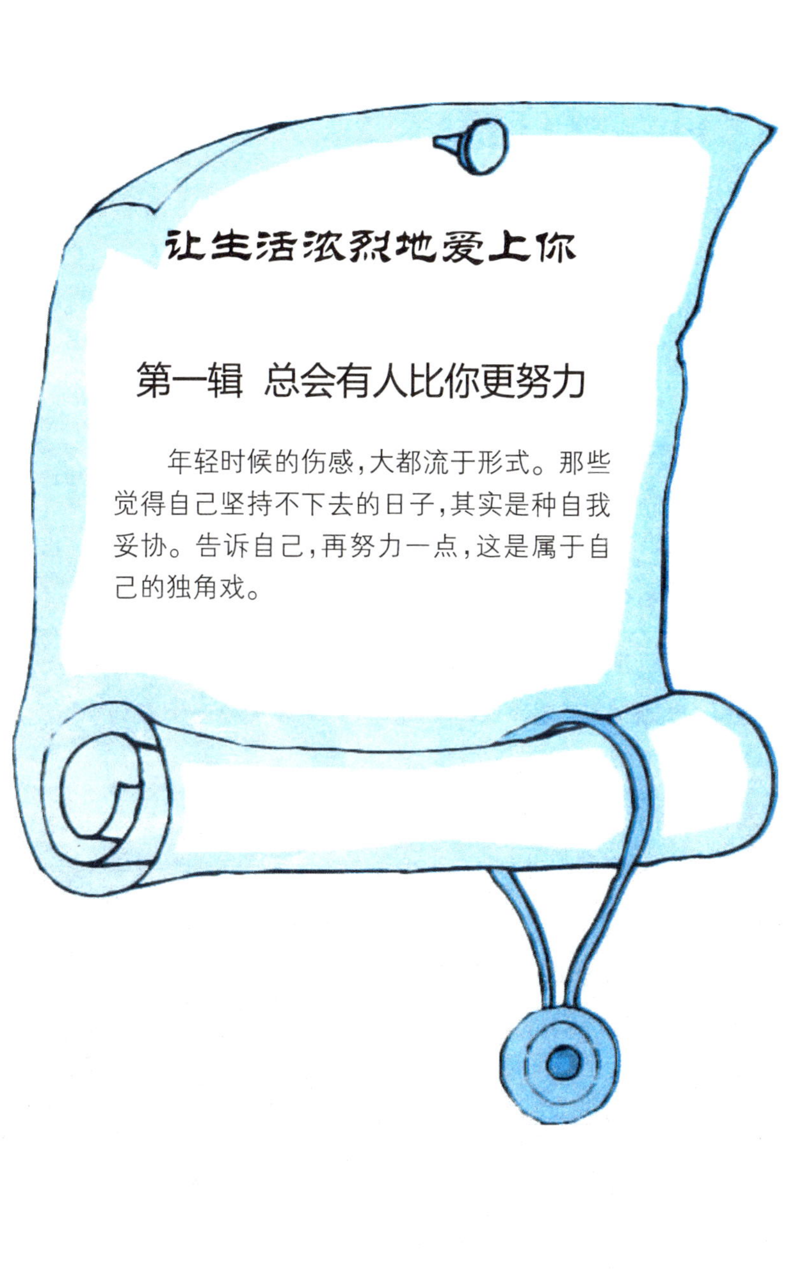

第一辑 总会有人比你更努力

年轻时候的伤感，大都流于形式。那些觉得自己坚持不下去的日子，其实是种自我妥协。告诉自己，再努力一点，这是属于自己的独角戏。

鲜花不怕雨

程刚

逆境给人宝贵的磨炼机会。只有经得起环境考验的人，才能算是真正的强者。自古以来的伟人，大多是抱着不屈不挠的精神，从逆境中挣扎奋斗过来的。

——松下幸之助

一个强盗溜进寺院盗香火钱，被小沙弥看见了，小沙弥上前搏斗，结果受了重伤，心理有了阴影，后来胆子变得非常小。

几个月调理后，他的体伤好了，但心伤依旧。那段日子，他精心将一株小花栽在花盆里，长势很好，不久便开花了。小沙弥把它放在院子里，小花每日接受阳光照射，娇艳欲滴，美丽动人。

这一天，大师带着他下山去化缘，突然乌云密布，狂风骤起。小沙弥突然想起自己的花还在院子里，急忙对大师说："师父，徒儿要赶回去，有盆花已养好久了，还在院子里，一会儿狂风暴雨来临，恐怕花就谢了。"小沙弥说完，便要往回跑。可大师叫住了他，对他说："不用回去，鲜花不怕雨。"这可怎么说？小沙弥一脸疑惑，可又不敢反驳师父，只好跟着师父走，可他却心乱如麻，一直惦记着那盆花。

终于跟着师父回来了，小沙弥第一时间跑去看花，可令他难过的是，那朵盛开的花早已被雨水打得七零八落，小沙弥难过极了，转而看向师父，对师父说："师父，您不是说鲜花不怕雨吗？可它现在怎么被雨水打落了呢？"

师父笑了，抚摸着他的头，对他说："徒儿，鲜花从来不怕雨，它只是在与雨水的搏斗中暂时失败而已，不过，再有几天它还会开出美丽的花儿，如果它真的怕了，就永远都不会开花了，不是吗？"

小沙弥理解了师父话中的含义，突然间醒悟过来，感谢师父指点迷津。

每个人的身体里都藏着另一个自己，他怯懦、自私、虚伪和不成熟。每一次苦难，都是我们成长的时机，它让你摒弃那些不好的品质，从而做最好的自己。所以，每个人到最后，面对的最大的敌人都是那个不好的自己。

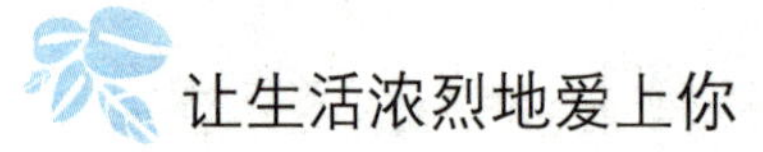

不凭经验

薄陨

如果你要成功，你应该朝新的道路前进，不要跟随被踩烂了的成功之路。

——洛克菲勒

秀才找到大师，告诉大师他一直在贩卖布匹，去年在邻县又开设了一个店面，售卖的布料质地很好，售卖门面也在县里繁华地段，总之，什么都和我们县里的店面差不多，可生意就是一直很冷清。

大师沉思片刻，带着他来到山脚下。山脚下通向后山有两条路，一条路看上去荆棘不多，道路平整，而另一条则荆棘满地，几乎看不见路。大师问秀才："施主，这两条路只有一条通向后山，你看是哪条？"秀才认真观察了一下，略有所思地回答："当然是路面平整的这条。""为什么呢？"大师问。"这条路荆棘少，而且平整，那肯定是走的人多，走的人多了，那就说明这是通向后山的路啊。"秀才胸有成竹地对大师说。

大师一笑，对秀才说："施主，空口无凭，不如走走试试，到时候定会知道哪条路是通的。"秀才一听，大师是在怀疑他的判断，那一定要证明给大师看他的判断是对的。于是，秀才走上了平整的那条路。

傍晚时分，秀才回来了，一脸茫然，对大师说："师父，对不起，我判断错了，这条路是一条死路。"大师轻笑不语。"可为什么它如此平整呢？难道不是人走得多吗？"秀才心中不解地问。

大师又是一笑，对秀才说："你想想，如果你走另外一条路，走一遍就可以过去了。可现在走上了这条路，知道是死路以后还要返回来，走了两遍，当然就把这条路踩得很平整喽。这就像你做生意，怎么做一定要考虑好，不一定要遵循老套路。有些时候，经验可以害死人。"

秀才听后，顿悟。

没有什么是绝对的，那些看似宽广的康庄大道未必适合你，那些杂草丛生的小路也许是你成功的必经之路。去找寻属于你自己的出路吧！

真正的优秀

孙开元

每一种情况，都有适合它的一个特殊的战略。

——安德烈·波弗尔

一次，我作为特殊嘉宾参加了电视台举办的现场直播脱口秀节目，在节目开始后，女主持人对我说："您是一位作家和演讲家，这也让您成了一位有见地的专家。但是谁能肯定你说得对呢？谁赋予您权力告诉我们是非对错呢？"

她给了我一个下马威。不过我发现她提出的问题很尖锐，也很客观。"你说得很对"，我回答，"我和所有人一样，没有权力把自己的价值观强加给别人。从某种意义上来说，很多人会从理想主义的角度来衡量对错，于是在一些小事上争论不休。我非常理解理想和现实的差距，但是我想，对于慈善、宽容、诚实、仁爱、包容、有责任感，以及努力工作、服务这些方面的话题都和我们息息相关，值得我们讨论。"

那次节目只有十分钟左右，但是我的即兴评论似乎平息了她的火气，而且我自己对于一些事情的是非也有了更深的认识。获得了成功的人们也许都渴望做到"优秀"或者"最好"，但是那些出类拔萃者，比如那些能够领导他人或启迪他人者，却能看得更远，做出正确的选择，即使那条路更为难走。我研究过，也采访过很多在商业、教育、体育和军事领域中极有建树的人物，他们都有一个共同的特点，那就是无论多么艰难，他们都能坚持做正确的事情。而且，有这种精神的人似乎也都是快乐、自信和谦和的。

在经济领域里，你能够获得一些利益；在体育个人单项赛中获奖，或者机智勇敢地获得一次战斗的胜利，能够获得这些成就还不是很难，但是如果你希望自己的成功能给这个世界带来长久的影响，或者让自己成为一个真正的冠军，那么这可就难了，除非你做正确的事情。

我就以美国篮球队的故事来说明“好”和“正确”之间有什么不同之处。美国在1988年派的是业余篮球队参加了奥运会比赛，获得了铜牌。后来，国际奥委会修改了参赛规则，允许职业篮球队参加奥运会比赛。自从1992年巴塞罗纳奥运会开始，美国就派出了“梦之队”参赛，选手几乎都是NBA全明星队员，连续三次摘得了奥运会男篮金牌。但是在2004年雅典奥运会中，情况有了出人意料的变化，参赛的还是梦之队，队员也还是NBA全明星队员，但是在雅典奥运会中连输三场，最后只获得了一枚铜牌，比以前的奥运会篮球队参赛时输得还惨。《今日美国》报的头条新闻这样写道：“6.8亿美元买不回来一块金牌。”

在这次失利之后，美国篮球队的领导们改变了他们的策略，把目标定在培养一支懂合作、有素质的球队，而不仅是一群技术高超的散兵。后来，美国篮球队很快振作起来，在2008年和2012年奥运会上，美国篮球队连获两次冠军，争回了尊严。

他们的成功让我们想起了另一个故事，1980年，美国曲棍球队以六胜一平的战绩获得了奥运会冠军，而他们在这次大赛前只进行过一次选拔赛。当人们问起主教练赫伯是如何取得这一佳绩的时，赫伯说：“我没有选‘技术最佳’的运动员，我选择了22名‘正确’的运动员，所以才能击败强大的对手，获得了奥运会金牌。我选择的运动员不仅要能刻苦训练、聪明打球，而且要有一个好品格，能够代表他们的国家。”我想，赫伯所说的“正确”就是一个人的整体素质，他确实做出了正确的选择，于是创造了奇迹。

一个团队或者个人，都有属于自己的一条特殊的道路。就像一把锁有专门与之搭配的钥匙一样。坚持自己的道路，成功才会降临。

打开你的总开关

阮小青

人的天才只是火花，要想使它成为熊熊火焰，那就只能学习，学习！

——高尔基

中考落榜后，母亲不愿让我就此脱离学堂，便凑了一笔颇为庞大的费用，打算让我自费读高中，继续求学生涯。

我左右不愿意。因为我清楚，那笔钱是母亲日夜不停地辛勤汗水所换来的。再者，我真已觉得，自己不是读书的料。寒窗十余载，最终落得如此下场。幸好三百六十行，行行出状元，于是，我有了辍学的念头。

我几经跟母亲提起，她都不同意。我知道母亲的性情，只好作罢。整日游混于学堂，碌碌无为。感觉自己一身的优点将要随时光消逝，并埋没于这乏味的学堂之中了。

当时依稀知道，自己真是厌学了。我的善良、勤劳、勇敢、大方，都与这个学堂无关。只有越过四面高墙，踏入外面的世界，这些优点才会得以全然展现。

高一下学期，物理老师因公调配。新来教此门功课的是个瘦小的老头，看上去颇有曾经私塾先生的味道。

他有事没事总会到学堂里转悠。大抵是发现了我的病态，于是终有一日找上了我，叫我去协助完成一个电路实验。

密闭的实验室里，一些拇指般粗细的小灯散发着昏黄的光亮。幽明中，大抵可见无数纸条被钉于电路开关旁边。我细细看去，大都写着勇敢、坚强、毅力、善良等词汇。

先生说："你细看后，已该明了，这些开关之上，都有着成功必备的品质。

你尝试去做一下,按怎样的顺序,才能将这些光亮发挥到极致。”

我按先生的话一一试去,依次拉下了善良、勇敢、勤奋、自强的开关。昏暗的屋子里顿时有了四束光亮。

我想再去打开其他的开关,却被先生制止了:“每个人的优点终是有限的。四次机会,已足够了。”

看着微弱的四盏灯在漆黑中努力地散发着光亮,我的心一点点开始惶恐起来。感觉这些原本刺眼的光束都在逐一暗淡。我生怕,有那么一瞬,这些光亮会陡然消失了。虚弱一步步向我推进。就在昏暗即将重临这个屋子的时候,先生“啪”地拉下了总开关。顿时,几十束刺眼的强光从四面八方照射而来。我被笼罩其中,像是一个焦点。那一刻,我内心温暖极了,心潮澎湃。先生引着我走出来,去看那个神秘的总开关。

那是一块做工粗糙的塑料。塑料下,依稀有一根短短的黑色胶线。胶线旁,是一张诺大的纸条,纸条上赫然写着“学习”二字。

我恍然明白了先生的用意,开始沉浸在一种对往事的忧伤愧疚之中。先生笑说:“当你面对黑暗,欲追求光明之时,请记得打开你的总开关。只有它,才能让你的人生闪耀,不断丰满。”

此后,每每浮躁,我总想起那根不起眼的黑色胶线。总渴望去拉下它,让光明再一次盈满我的双眼。

那些发光的优点,促使你一步步地登上高峰。那些缺点,却在黑夜里出来时时抵挡。克服这些缺点,就只有不断地通过学习来充实自己,直到你越来越强,无可撼动!

总会有人比你更努力

张君燕

当时间的主人，命运的主宰，灵魂的舵手。

——罗斯福

那年高考，发挥失常的我与大学校门擦肩而过。看着贫寒而简陋的小家，听着父母一声声的叹息，我自知原本拮据的家庭已无力再供我去复读，我也不忍心让父母因我而再添几许沧桑。在家里待了几个月后，我终于做出了一个决定：跟着村子里的大人到外地打工去。

然而，来到建筑工地后，我才发现这一切竟比想象中艰难数倍。经过一天高强度的工作，晚上躺在地铺上的我简直疲惫极了，累得连晚饭都不想吃。第二天一早，还在睡梦中的我又被工头叫起来上工，迷迷糊糊的我拖着疲备的身躯胡乱扒了几口饭，便又开始了一天的工作。一周过后，我不仅变得又黑又瘦，整个人的精神也变得萎靡不振，感觉自己就像一个失去了灵魂的躯壳，麻木地承受着世上所有的苦痛。

终于，在一个加完班的冬夜，不堪重负的我蹲在墙角无声地抽泣起来。我突然觉得自己是世界上最可怜的人，付出了那么多努力，却只能得到那么少的回报。夜已经深了，也许人们都已经进入了梦乡，而我却还在工地上拼命地做着苦力，只为换来月底少得可怜的工资。越想越伤心的我突然感觉有一双手搭在了我的肩膀上，回过头去，同村的李叔正关切地望着我。听了我含泪的述说，李叔却异常平静，他拉起我，淡淡地说：“跟我来。”

我默默地跟在李叔身后，慢慢地走出工地，来到了灯火辉煌的繁华大街。这是我第一次走出工地，第一次看到城市繁华的一面。让我没有想到的是，在这个冬日的深夜,竟然还有那么多人在忙碌着。大街上来往的车辆依旧那么匆忙,承载着那些怀揣着梦想来回奔波的人们,人行道旁的小摊位前,摊主们依旧在紧张地忙碌,为吃客们端上一碗碗热气腾腾的馄饨。这些吃客们大多平凡,低头匆匆吃着饭,似乎急着赶往下一个目的地。

“表情疲惫的是刚下班的,精神抖擞的是准备上夜班的,每个人都不容易啊。”李叔感慨道。我站在李叔身旁,认真地看着这些为生活奔波的人们,心里莫名地生出了一丝安慰。“快点吃,吃完我们好回家。”坐在墙角的一位母亲搓着双手对身边的儿子催促着。儿子大概十五六岁的样子,肩上还背着一把吉他,可能刚从培训班回来。这对母子旁边坐着一个年轻的姑娘,姑娘边吃馄饨边打电话:“嗯,方案快做好了,回去再加个班应该差不多。”之前在帮摊主端馄饨的小伙子此刻也在摊位后面坐了下来,他从包里掏出了一本书,聚精会神地看了起来。就着昏暗的路灯,我隐约看到封面上的几个大字“新概念英语”。

一张张陌生的脸孔在我眼前掠过,在路灯下,他们的眼睛里跳动着异样的光芒。这一幕幕场景突然触动了我的内心,我原以为自己是最辛苦最努力的那一类人,没想到就在离我不远的地方还有这么多更努力的人们。李叔似乎看到了我脸上表情的变化,他接着对我说:“其实,城市是没有真正的夜晚的,等现在这些人散了,很快就又有一拨人出来,早上三四点,打扫卫生的清洁工,卖早点的师傅,早起上班或上学的人们就都开始忙碌了。”是呀,那时我还在睡梦中,可是这些人都已经开始打拼了,也许在我不知道的角落,会有更多的人在默默地努力。他们努力地付出,就是为了将来可以过得更好一点,和他们比起来,我那点单纯的付出又算得了什么呢。

回到工地后,我翻出了从家里带来的课本,这些课本在我的床下静静地躺了好几个月。而现在,我要重新捧起这些课本,在下工后,在上工前,认真地研读。那是一段无比艰苦的日子,那是一段寂寂沉默的时光。那些日子,我拼命地干活,拼命地读书,从不抱怨也不诉苦,忍受了无法想象的孤独和寂寞,也遭遇了不解的白眼和嘲讽,但我都没有放在心上。我知道自己的这点努力根本不算什么，总会有人比我更努力，我需要做的是让自己努力一点，再努力一点。

而今，坐在明亮办公室里的我，每每回首起那段艰苦却充实的时光，总会生起颇多感慨。不要觉得自己很委屈，不要觉得自己付出了很多，当你的努力没有得到回报时，你要想一想，那是你的努力还不够，总会有人比你更努力，而你需要做的就是更加努力！

年轻时候的伤感，大都流于形式。那些觉得自己坚持不下去的日子，其实是种自我妥协。告诉自己，再努力一点，这是属于自己的独角戏。

巴西坚果树的等待

张云广

只有具备最强的实力，又能忍耐最大压力的人，才能站到顶峰。

——刘墉

巴西坚果树高度可达四五十米，直径接近两米，在植物界素有“雨林巨无霸”的响亮名号。然而，这位“巨无霸”在进入快速生长期之前往往还需要经历一段极其漫长的等待过程，只有那些最具有等待精神和耐性品质的种子或幼苗才有他日高耸入云的可能。

瓜熟蒂落，当足球般大小的坚果从高高的树冠层上如重磅炮弹一样高速空降到地面上（三秒钟内时速即达 80 公里），很快就会吸引一种叫作刺豚鼠的啮齿类动物前来进行“有偿服务”。

刺豚鼠长着上下各一对坚固且犀利的大门牙，它们是唯一一种有能力破开坚果树果实之坚厚“装甲”并得以享用其中美味的动物。好在刺豚鼠的一次果腹量有限，果壳内相当一部分种子是能够幸免于难的。

这些“鼠口脱险”的幸运树种被忘性极差的刺豚鼠作为战备物资，分散地掩埋在母树周围不同的地方，而这些地方也是坚果树新生命萌发之处。但是，于坚果树新生命而言，真正意义上的生存考验才刚刚开始。这里的环境多半是“枝枝相覆盖，叶叶相交通”，来自雨林上方的阳光遭到层层枝叶的拦截，光合作用机制无法有效进行，生长自然也就无从谈起。

不过，坚果树自有其应对困境的办法，那就是等待，即与时间比耐力。令人惊叹的是，这些种子可以在地下沉睡很长时间，有的甚至长达数十年之久；更令人惊叹的是，即使种子破土而出长成幼苗，这些幼苗也可以在茂密的雨林中休眠几十年的时间，所以看上去光阴似乎于此处停止，树苗依然是很久以前的模样。

当附近有树木让出空间，当头顶有灿烂阳光的照耀，坚果树苦苦等待的战略发展机遇期终于来临了！如同奇迹一般，地下的种子接收到阳光的信号迅速发芽挺出，地上的幼苗则会马上终止休眠恢复生长状态。向上，向上，争分夺秒地不断向上，直到有一天长出参天的身材来“一览众树小”。

“时人不识凌云木，直待凌云始道高。”事实上，成才、成器和成功从来都不是一步就能轻松到位的事情，而在此之前的善于等待无疑就是一种拥有强大内心的体现。只有内心强大，生命的光焰才会长明不熄并最终把梦想的天空照亮。

在“暗无天日”的逆境丛林中，存一份憧憬的火种在心中，以卓绝的等待与严酷的岁月对峙。不急躁，不气馁，更不放弃，在等待中不懈坚持，在坚持中默默等待，等待阳光的如注，等待机会的到来，身怀不俗志向的巴西坚果树终于一展身姿之伟岸创造出生物圈一个个高耸凌云的新传奇！

等待，是为了更好地苏醒，更好地绽放。那些等待蛰伏的日子，是不断充实自己、丰满自己羽翼的日子。认真把握这些日子，你将华丽蜕变，涅槃重生！

赢过昨天的自己

罗光太

自己打败自己是最可悲的失败，自己战胜自己是最可贵的胜利。

——佚名

从小我就比较好胜，但资质平庸，无论怎么努力，都难能取得第一。

父亲发现我总是郁郁寡欢，追问原因。我说出来后，父亲抚着我的头说："你是一个有志气的孩子，而且你确实在努力了。但是得不得第一又有什么关系呢？第三名也很好呀！""什么呀？上次我得了第一，这次才第三，多丢人！"我还是哭丧着脸，心里很不理解父亲的话。"有目标是好的，但第一名往往只有一个，那也不是衡量一个人的唯一标准。一个人，只要赢了自己就可以。"父亲说。

父亲那天说了很多，但"只要赢了自己就可以"我无法理解，以为他只是在安慰年少的我。后来，长大了，特别是步入社会后，经历的事情多了，才渐渐明白父亲当年的话。

我一直在网上写文章。偶然一次，我的一篇文章被杂志选用。我欣喜若狂，以为自己是当作家的料，于是天天奋笔疾书。然而，当我真正开始投稿后，面对的却是一封又一封退稿信。半年里，居然连一首小诗都无法再发表。沮丧，汹涌而至，伴随着别人的嘲笑，我心灰意冷。

那段颓废的日子，父亲看了很心痛。一天夜里，父亲拦住了准备出门买醉的我，他说："你真的不想再写了吗？"我低着头，没有回答。父亲知道我对文字的酷爱，知道我割舍不下自己十几年来的梦想。"我知道你一直在努力，你写得很辛苦,但是又有谁的成功是一帆风顺的?你的文字已经在进步,你不知道吗?”父亲喋喋不休。“可是,没有编辑认可我的文字……”我低声反驳。“别人不认可你,但你首先要认可自己呀,你在进步,你已经赢过昨天的自己了,我为你骄傲!”

“赢过昨天的自己?”我重复着父亲的话。“对,只要赢过了昨天的自己就可以了。”父亲很肯定地说。那天,我没再外出,一个人躲在房间想了很多,父亲的话一直萦绕在耳边。是呀,为什么要和别人比呢?我能赢过昨天的自己就可以了。

以后,我平心静气地写文章,依旧投稿,但不再热衷结果。不再和别人作比较。

这一年来,我的文字慢慢成熟,逐渐被一些编辑认可。一年里,我先后发表了五十几篇文章。我知道这是很小的一点成绩,对一些名写手来说,他们一个月发表的文章就超过了这个数,但对我来说却弥足珍贵,这是我努力了一年的结果。

我不再患得患失的去和别人作比较,能够看见自己的进步,我已经很满意了,我也将会继续努力。我知道,冠军只有一个,更多的人都是像我一样,即使很努力了,也无缘第一。无缘第一就可以不努力了吗?不能的,因为人生首先是一场和自己竞争的比赛。只要活着,这场比赛就将一直进行下去。

每天都“赢过昨天的自己”一点点,日积月累,很长的一段时间后,蓦然回首,我们会惊讶于自己取得的成绩,甚至会感叹自己的坚持和努力。

人生是需要坚持和努力的,但首先,我们一定要赢过昨天的自己。

我们在各自的疆域生活。像花朵盛开在阴面或阳面的山谷,盛开在海边或者草丛之中,但都是在自己的本性里盛开。人的确有可能时时刻刻成为一个新的自己,具备无限的生机和活泼。战胜自己,你才能赢得荣耀!

成功三要素

张宏涛

命运是一件很不可思议的东西。虽人各有志，往往在实现时遭遇到许多困难，反而会使自己走向与志趣相反的路，而一举成功。我想我就是这样。

——松下幸之助

没有人不想成功，那么成功需要具备什么条件呢？很多人说：努力、有贵人相助、有天才，等等，也许看了下面这个小故事，你会有新的看法。

这是一个真实的故事，2013 年初，英国男子肯恩带着自己的小狗去海滩散步。海滩上人很少，因为不是周末，但失业的肯恩却有大把的闲暇时光。走着走着，他的小狗突然不走了，开始在海滩上挖洞，好像要找什么东西。肯恩不赶时间，所以就放任他的小狗在那里扒来扒去，自己远远地看着附近的海滩，思考着自己下一步要找什么工作。半个小时后，小狗“汪汪”地叫了起来，而后噙了一块黄色的像石头一样的东西跑到肯恩面前邀功。肯恩差点吐了，因为那个物体非常臭。莫非是晒干发硬的大便？肯恩仔细看了一下，发现不是大便，那是什么呢？肯恩好奇心很重，就带着这块臭臭的石头回了家，网上一查，居然是珍贵的“龙涎香”（抹香鲸的呕吐物或排泄物，是世界上最名贵的香料）。当即有法国商人愿意出价 5 万英镑购买，肯恩拒绝了，他找专家一验，专家指出，这是一块很新鲜的“龙涎香”，价值最少 11.5 万英镑（约 115 万元人民币）。肯恩瞬间从赤贫成了小富翁。

肯恩发财的原因是什么？可能很多人会归功于“运气”，但为什么肯恩能如此幸运呢？其实还是归功于成功的三个要素：闲暇、自由、好奇心。这三个要素是两千多年前的大哲学家亚里士多德总结的，他的原话是：哲学和科学的诞生需要三个条件：闲暇、自由和好奇心。这三个要素其实也是成功所必备的条件。试想：假设肯恩没有闲暇时间，他又哪里会去海滩遛狗？假设他没有自由或者不给狗自由，又怎么会放任小狗在那里挖洞半天？如果他没有好奇心，只怕会认为那是大便或者一块其貌不扬的臭石头罢了，又怎么会去查它到底是什么？那么即便龙涎香到了他手边，他也会丢掉。

古今中外的成功者其实都具备这三个要素，最著名的莫过于牛顿和瓦特了。牛顿看到苹果落地，于是发现了万有引力，可如果牛顿是个匆匆忙忙的上班族，哪里有闲暇思考苹果为什么会落地？如果他没有自由的思想，就会认为一切都是上帝决定的，也就懒得想了。如果他没有好奇心，他就会与普通人一样，对苹果落地熟视无睹。正是他具备了三要素，才最终发现了 17 世纪自然科学最伟大的成果之一——万有引力。瓦特也一样，正因为他有闲暇、自由和好奇心，才会有时间不断思考为什么壶盖会被顶起来，从而发明了引发工业革命的蒸汽机。

亚里士多德说，“闲暇出智慧”，一个整天忙着做事的人如同天天割麦却没有时间磨镰刀的农夫一样，是没有精力来思考如何进步的；自由则是想象力产生的基石，如果一个人被权威的结论所束缚，无异于剪断想象力的翅膀；好奇心更是一个人主动去探寻真相的动力，没有好奇心，就会拒绝接受新事物。如果还没有成功，请自问一下：“你是在瞎忙吗？你具备成功三要素吗？”

成功没有捷径，做事有方法。当你屡屡碰壁的时候，你是否考虑过自己是不是方法欠妥当。及时改进，将对你有很大的帮助。

从送货员到全球巨富

筱梅

我们都生活在同一个世界，即使平凡的人也要为他所在的世界而奋斗。

——路遥

阿曼西奥·欧特嘉出生于西班牙一个贫苦的家庭里，他的父亲是个铁路工人，母亲是个普通的家庭主妇。他在 14 岁那年，为了帮家里维持生计，放弃学业跑到拉克鲁尼亚市的一家服装厂里当送货员。

阿曼西奥的工作一般都在仓库和送货的路上，有一次，他因为有事情进入了车间，当时只有 14 岁的阿曼西奥顿时惊呆了，他从未见过这样大规模的服装制造厂，每一件服装从染色、剪裁到缝合工序都十分精密，看着一块块零碎的部件拼装成一件件的成品服装，一种前所未有的力量震撼着阿曼西奥，他在心里做出了一个决定。于是他跑到老板的面前说："老板，在不送货的时候我想进入车间里打杂，当然，老板您不必另外付我工资。"

老板一听有利可图，立刻答应了。从此，阿曼西奥一边拉车送货，一边利用空闲时间进入车间打杂。工友们看到阿曼西奥居然愿意无偿地为老板多干活，都笑他是个傻子，没事儿坐着喝喝茶、看看报就行了，何必要自讨苦吃？阿曼西奥却有自己的想法：周而复始地送货始终不会有什么出头之日，而进入车间打杂，则可以学到更多的知识与手艺。就这样，白天，阿曼西奥在暗中学习，晚上，他就在家里画服装版式，研究服装设计和生产流程。

正因为阿曼西奥的勤奋努力，两年后，知人善用的老板请他进入车间，让他成为一名真正的车间工人，一做就是五年。而也就是这五年的经历，更加拓宽了他的学习领域，阿曼西奥掌握了时装从设计、加工到批发、零售的全套经营流程，并且很快开始真正展现出在服装制作经营方面的才华，成为了老板的得力助手。

27岁时，阿曼西奥创办了自己的制衣厂，因为他的专业素养和勤恳经营，在此后的几十年里，他通过自己的努力，让自己的品牌遍布了全世界的各大城市。他创办的品牌，就是如今全球排名第三、西班牙排名第一的“Zara”。

在最近公布的全球首富排行榜中，阿曼西奥以240亿美元的净资产位列第八。一个普通的送货员，就这样完美升华成了令世界瞩目的全球巨富。

对于自己的成功，阿曼西奥曾经这样和别人分享心得：“当你在一个平凡的工作岗位时，眼光要触及远方，只要心存一种‘有空就多做一点’的信念，你就会在前进的道路上不断为自己增值、实现梦想！”

任何伟大的人都是平凡的人，他只是比别人眼光放得长远、每天多努力一点而已。成功路上不拥挤，只要你坚持奋斗！

娜塔莉·波特曼：朝着喜欢的方向努力才会成功

袁恒雷

人生重要的不是所站的位置，而是所朝的方向。

——佚名

1981年6月9日，她出生于以色列耶路撒冷，3岁时随全家搬到纽约。她有一个幸福的家庭，母亲是艺术家，父亲是名医生。虽然初到美国的他们并不富裕，但父母将全部的心血倾注在她的身上。

从4岁开始，她便接受舞蹈训练，并能在舞团里正式参与演出。10岁时，一位露华浓公司经纪人邀请她担任儿童模特，但被她婉拒，因为她要全身心投入舞蹈表演。

13岁时，她在父亲的书房读到了一个剧本，读着读着就被感动得哭了。心里萌生出参演这部电影的想法。但她的父母不同意，认为她年龄尚小，不适合演成人角色。可在女儿的一再坚持下，父母终于同意她去试镜。起初，导演组并不看好她，但她强烈要求回到镜头前再试一次，总导演吕克·贝松被这个小姑娘执着的精神与惊人的悟性打动了。而她也凭借《这个杀手不太冷》中的这一角色崭露头角。这以后，她开始边读书边演戏的生活。

1999年，18岁的她收到了哈佛大学心理系的录取通知书。当她来到哈佛后，有同学以为她就是一个“无脑的演员”，向她投来不屑的目光。然而事实很快证明他们错了！并不知道她是明星的艾伦·德肖维兹教授不久就发现了她出众的才华，他最欣赏的是她的一篇关于测谎仪的论文，因此艾伦教授让她做了自己的研究助理，师生俩至今仍保持着友谊。

在大学期间，她先后发表了有关婴儿前额叶发展与视觉记忆的论文，以及以近红外线光谱学成像法研究大脑功能的论文。除了在哈佛大学主修心理学外，她又研习并很快精通了法语、希伯来语、德语、阿拉伯语和日语五种语言，她还以客座讲师的身份在哥伦比亚大学讲授恐怖主义与反恐怖主义的课程。

经过大学校园文化的洗礼，她的学识与修养更是不可同日而语。

虽然她还年轻得有些害羞，但她的头脑已足以常常让导演和其他的明星表示敬佩；虽然她长得仍有些纤弱，说起话来还充满了青春少女的气息，但她的表达能力却常常让人叹为观止！在日常生活中，她穿着朴素，戴3元钱的耳环，穿普通的运动鞋，存有40件T恤和20条牛仔裤，但她不知道这些衣物的牌子，她唯一上心的是手袋。因为小时候的梦想是当个兽医，所以她8岁就开始吃素，成为严格的素食主义者。她说："我从不抽烟喝酒，更不会去尝试毒品，因为美人鱼和天使都不会那样的。"

2009年，她接拍了电影《黑天鹅》，为了演好这个角色，她坚持了将近一年的魔鬼式训练，每天都要进行5~8个小时的舞蹈和游泳培训。而且还要注重节食，她成功瘦了20多斤。编舞的最后关头，她在一个托举动作中因肋骨错位而受伤，却强忍着疼痛坚持训练。她说："对芭蕾舞者来说，这是家常便饭。"

在2010年上映的电影《社交网络》中有这样一段台词："哈佛出了19个诺贝尔奖得主，15个普利策奖得主，2个奥运明星，还有1个电影明星。"而她就是那个电影明星，娜塔莉·波特曼。

2011年，她凭借在《黑天鹅》中的出色表演将奥斯卡金像奖、英国影视学术学院奖、美国电影独立精神最佳女主角等一系列桂冠戴到头顶，刚刚而立之年的她便成了世人瞩目的电影皇后。

从最初站在镁光灯下到今天的辉煌成就，昔日的小女孩已经长大，即便纯真依旧，却多了分成熟女子的自信与风情。她说："我知道我喜欢什么，想要什么，所以我很努力。我是个很稳重认真的人。"

你是什么样的人，便会听什么样的歌、写什么样的文、走什么样的路。这些事情的相同点在于，都是你喜欢并愿意去做的。所以，既然是你选择的路，那你就该去坚持，因为这是你最热爱的，当然也就更容易坚持！

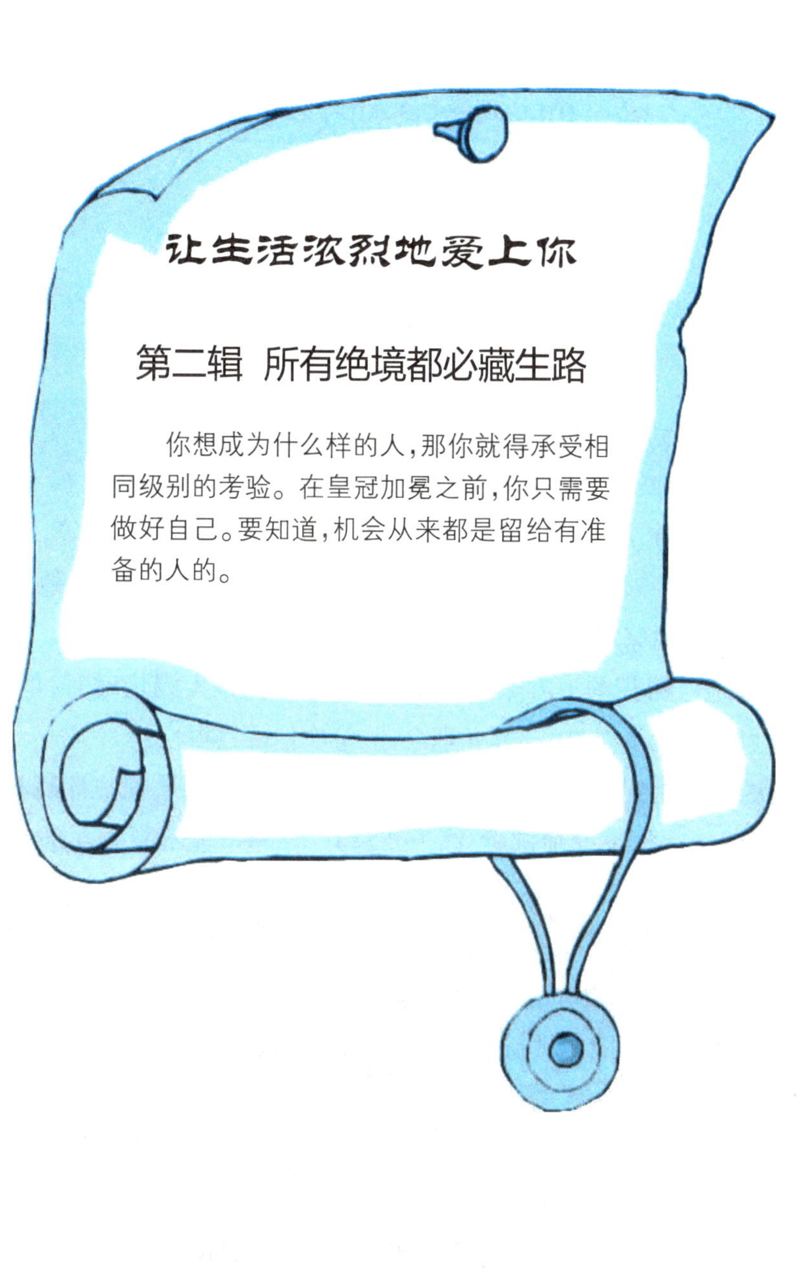

第二辑　所有绝境都必藏生路

你想成为什么样的人，那你就得承受相同级别的考验。在皇冠加冕之前，你只需要做好自己。要知道，机会从来都是留给有准备的人的。

把足球踢到太空去

奇清

只要专注于某一项事业,就一定会作出使自己感到吃惊的成绩来。

——马克·吐温

“嗨!能不能加入你们啊?”就是这样一句话,让他一步步向着更为宽广的天地跨越。

儿时的他,除了功课,就爱运动,什么乒乓球、皮球、踢毽子等,在小伙伴中,他都能把很多人比下去。念小学四年级时,一次偶然的机会,他踢了一次足球,这才知道原来有运动项目可以让人为之痴迷、为之癫狂。

然而,他所居住的地方很少有足球场,当看见别人踢足球时,他特别渴望参与,可球队已不缺员,没有人理会他,每次他都只得怏怏离去。

一次,他又见到一群少年在绿茵场上奔跑、腾挪、跳跃,疯狂挥洒着青春朝气……他在一旁看着,热血沸腾,终于鼓起勇气:“嗨!能不能加入你们啊?”没想到迎来的竟是笑脸和点头。这让他非常激动,原来实现愿望就只需要一点点勇气。从此,那原本不多的绿茵场上,总能见到他那矫健灵动的身影。绿茵场也在他心中一天天扩展着,成为他奔向远方的梦。

由此,他踢球的能力日益增强,也越来越自信,说:“我就是‘东单C罗’。”大一时,他不用太费劲就拿下了全校足球冠军。

他是电子科技大学的高材生,1999年大学毕业后,进入西门子公司工作。公司非常器重他,没多久,就被派到特拉维夫参加培训。

在特拉维夫,一天他似乎听到一种召唤声:“去耶路撒冷看一看,那儿也许正进行着一场高水平的足球赛。”同事却阻止他:“很危险!”因为当时以色列枪击爆炸案频发，但他一点也不在意，如期起程。

就是这次培训让他明白，他的足迹是不能只囿于中国的。在西门子不到两年，已是公司高管的他向老板递交了辞呈。同事们都以为他要跳槽，老板也觉得自己被愚弄了。没想到他只是带着一双足球鞋，一个 2010 年世界杯用球，一只打气筒就上路了。他要看到世界上顶级水平的足球赛，要让自己的足球水平离世界顶级水平差距不会太大。

他的这次远行，让他收获多多。如一些国家能踢球的场地实在太多，坐两三站地铁就有一片草地和一群踢球的人。但他不是逢球就踢，只是高水平对决时，他就要求参加，如在巴西里约，他偶遇 America 俱乐部职业队正在进行练习赛，走到场边便用他一贯的口气说："嗨！能不能加入你们啊？"结果，他作为替补上场踢了 25 分钟，打入两球，让他顿时"有一种业余球员突然冲进世界杯的感觉"。

一路走一路踢球，让他感受最深的是那些队员们的认真劲儿。他曾在纽约踢了两场球，所有队员一旦带球被抢断，马上就会进行反抢；不小心摔倒在地，没有任何犹豫就会起身追球；被对手突破，没有沮丧，马上积极补位……

就这样，在 392 天里，他从欧洲出发，再走印度和东南亚，接着是非洲，然后是北美、南美和南极洲，最后去澳洲，和 25 个国家的足球队切磋和学习技艺。他说，语言不通不是问题，如西班牙语他只会数数，在手机上装一个谷歌翻译，就靠这个与人交流。

梦想有多远，脚步就会有多远。也许人们不怀疑他能到达世界的尽头。然而，这次他竟让人惊讶得合不拢嘴来，因为地球已经容纳不下他了。在南美的时候，他看到了一个"凌仕太空行"的计划。嗨，上太空，太美妙了！他还是说出了惯常的那句话："嗨！能不能加入你们啊？"他被登记了，在接下来的网络投票中，他成为中国区海选出的三名选手之一。

进入美国 NASA 太空训练营后，人们还是不住地泼冷水："看看另外两个人吧！是明星韩庚和果壳网创始人姬十三啊，你就是去打酱油的。"然而，选拔结果出炉，成绩最好的他第一个获得了"太空船票"。不错，他就是 1988 年出生于成都的赵行德。

太空选拔测试，考验的是体能、热情、勇气、真实和团队合作。大学毕业后，他的朋友忙着工作、恋爱、结婚、买房，赵行德却满世界跑，每年要踢40场足球，体能自然最好。至于热情和勇气原本就是他的特长。这些当然重要，不过真正让他拿下决定性分数的，是在团队合作中。

考官给了一大箱材料，要求队员们组装一个火箭并且发射。为了体现“创意”，同队的法国人和香港人决定用曼妥思加可乐来实现火箭喷射。赵行德心想：这也太low了吧？这次他并没说“嗨！能不能加入你们啊？”而是从箱子中找出来一个真正的组装火箭“配方”，连推进剂都有。

当赵行德提出“嗨！你们能不能加入我啊？”时却遭到了队友们的拒绝。正如他所预料的一样，可乐火箭只发射了半米高，惨遭失败。考官却因此记住了赵行德：“这位先生明确告诉了大家一个更简单明确的方法，可惜你们都没听他的。”

2015年，赵行德将要把足球踢到太空去。在NASA太空训练营，他一次次进行着此项训练。

“嗨！能不能加入你们啊？”此是热情，是勇气，自然也是技艺的不断提高。结果是：“嗨！你们能不能加入我啊？”也就能自信满满地获得“太空船票”，让自己的梦升到高高的太空去。

热爱一项事业，就像是碰上一段爱情，为之振奋，为之痴迷。没有什么比热爱一项事业更容易成功的了。

难民营走出“阿拉伯偶像”

佟才录

勇敢坚毅真正之才智乃刚毅之志向。

——拿破仑

2013年6月22日，成千上万名巴勒斯坦人在加沙和约旦河西岸的大街小巷载歌载舞，庆祝从难民营里走出的穷小伙阿萨夫，成功登顶“阿拉伯偶像”的冠军宝座。

“阿拉伯偶像”是由中东广播公司电视频道制作、在阿拉伯世界最炙手可热的一档歌唱比赛节目，它拥有来自21个国家超过一亿名的热心观众。而在今年第二届“阿拉伯偶像”电视大赛中，来自约旦河西岸的23岁穷小伙阿萨夫，过五关斩六将，最终夺得了冠军，声誉与当年的“甲壳虫”相比毫不逊色。

其实，阿萨夫的成功之路并不平坦！

1991年，阿萨夫出生在利比亚，父母都是巴勒斯坦穷人。阿萨夫8岁时，父母带着他回到了家乡加沙，一家人栖居在难民营里，住简陋的帐篷，喝咸水（由于靠海，地下水含盐量高，几乎无法饮用，而运来的饮用水收费高昂），生活条件十分恶劣。虽然生活贫苦，但阿萨大乐观向上。他天生一副好嗓子，每天去河边洗衣时都会一展歌喉，唱出他心中的梦想与向往。渐渐地，阿萨夫成了难民营里的一只快乐的百灵鸟，每天晚饭后，难民营上空都飘荡着阿萨夫婉转动听的歌声。16岁时，阿萨夫长成了一个英俊的少年，歌声也更加优美动听。为了养家糊口，他去婚礼上赶场，给新人唱歌祝福，挣钱贴补家用。阿萨夫的名气越来越大，人们都称他是少年歌唱家。

当“阿拉伯偶像”海选在埃及开罗启动时，已经23岁且心怀梦想的阿萨夫想去试一试。阿萨夫曾经参加过巴勒斯坦的一个电视歌唱比赛，但是没能进入决赛。阿萨夫央求控制加沙地带的哈马斯放行，让他去埃及参加比赛。哈马斯不喜欢“阿拉伯偶像”节目，讨厌上面那些穿着长袍、涂着艳丽口红的女郎，便一口回绝他，拒绝放行。阿萨夫不气馁，他留下来给哈马斯唱歌，为他们烧火做饭……最终，阿萨夫的歌声和厨艺感动了哈马斯，答应放阿萨夫去埃及参赛。

然而，当阿萨夫风尘仆仆到达开罗时，他的心瞬间冷冻到冰点——报名时间已经结束。来报名的人实在太多，制片方不再接受新的报名者。阿萨夫被挡在宾馆的大门之外，而里面正在进行海选试听会。“我不能失去这次机会！”情急之下，阿萨夫飞身翻过宾馆的院墙，却被保安抓了个正着。阿萨夫向保安苦苦哀求道：“我需要这次机会。我有美妙的声音，我有才能。请让我进去！”最后，阿萨夫赢得了保安的同情，保安放他进了宾馆。

进到宾馆后，阿萨夫意识到还有一个问题：他并没有一个报名编号。没有报名编号，工作人员是不会让你进到海选厅进行试唱的。怎么办？阿萨夫不想功亏一篑，两手空空而归。于是他做出了一个惊人之举：在宾馆大堂，他放开嗓门大声歌唱。

阿萨夫的歌声赢得了大堂里所有人的注意，一名巴勒斯坦选手向他走过来，对他说：“你的声音比我好得多。把我的号拿去吧。我肯定，只要你参加，你就能赢。”就这样，阿萨夫拿着别人的报名编号，登上舞台，一路过关斩将，通过了预选、初赛，进入了决赛。他拥有无与伦比的声线，一双迷人的眼睛和一个让灰姑娘都要掉泪的故事，立刻征服了所有的评委和观众。阿萨夫成功了，九曲十八弯之后,最终问鼎“阿拉伯偶像”冠军宝座,成了阿拉伯世界人们热议的对象。

出身底层最终夺冠,阿萨夫成了巴勒斯坦全民的偶像,成了一个不折不扣的英雄。阿萨夫的头像被贴在了加沙和约旦河西岸的所有墙上和广告牌上。联合国救济和工程署任命他为亲善大使,巴勒斯坦总统特别与他通了电话,巴勒斯坦政府甚至为他颁发了外交护照。阿萨夫每到一处,都会被成群的制片人、保安、助手和外交官们众星捧月般地拥戴着……

“命运永远掌握在自己手中!只要肯努力向上,一切便皆有可能!”凭借自己的执着和努力,从难民营里走出来的“阿拉伯偶像”阿萨夫对记者说道。

我要一步一步往上爬,等待阳光静静看着它的脸,小小的天有大大的梦想,重重的壳裹着它轻轻地仰望。我愿意做一只蜗牛,始终为梦想奋斗!

我不是“输”的代名词

冠豸

只有一条路不能选择——那就是放弃的路；只有一条路不能拒绝——那就是成长的路。

——佚名

李素＝“李输”

李素已经上五年级了，可是班上的同学开口叫他“李输”，闭口叫他“输生”，听在旁人耳中，还以为是尊称“李叔”“书生”，可是李素知道，他的同学哪会尊重他呀！

当然了，这也不能怪李素的同学，如果一定要怪，也只能怪李素自己，同样在学校，在一个班级上课，别人考试都有八九十分，特别是几个女生还经常考满分，谁让李素总考个三四十分的成绩来垫底呢？考分低并不仅仅是李素一个人的事，他的分数往往拉低了班级的平均分，之前，就因为他，班上没有拿到过学习上的流动红旗。班上的同学哪个不恼怒他呢？

几任接手的老师暗自叹气，虽然一次次找李素交流，一次次提出要帮他补课，但李素嘴巴上说好，却没有实际行动，家长也不尽心尽力配合，老师没辙了。班上有同学提出要结对子，几个人一起帮助李素，但李素嘲笑他们是“吃饱了撑的”，把同学们高涨的热情打击得无影无踪，气得他们再也不想搭理他，纷纷指责李素不知好歹。

就这样，任班上的同学怎么说他，甚至集体孤立他，李素依旧我行我素。

久了，大家也就习惯了李素的所作所为，甚至当他不存在。几个爱闹的男生调侃李素是“李输”，说他拖班级后腿，有他在，班级的集体比赛尽是“输”，李素满不在乎地嚷：“输就输嘛，不就是一场无聊的比赛，有什么呢？”

既然李素这种态度，大家也就纷纷叫他“李输”“输生”了。这一叫，已经有一年了。

天上掉下个“林妹妹”

林洁如转学来时，在班上掀起了一股浪潮，众女生纷纷效仿她的穿衣打扮，就连发型也弄得和她差不多。而男生则奔走相告，集体合唱：“天上掉下个‘林妹妹’！”

林洁如长得特别可爱，大眼睛，长睫毛，就像个“芭比娃娃”，而且她是从上海转学过来的，更是让大家好奇。每天下课，总有一群同学围着她问东问西。

林洁如性格好，她总是笑盈盈地有问必答，遇见她不知道的事情，她也会实诚地说：“我也不知道哟！没去过。”林洁如的诚实更是赢得了大家的好感，她虽然从大城市转学来，但一点架子都没有。

在一群热闹的同学中，林洁如过得很快乐，而且性格开朗的她很快就融入班集体。李素从来没有主动和林洁如说过话，但他也和其他男生一样，对漂亮可爱的林洁如充满了好奇，不知怎么的，一向对任何事情都抱着“无所谓”态度的李素，突然就有些在乎起来。特别是有同学叫他“李输”时，他会恼怒。

林洁如来了一段时间后，也发现了在众人中格格不入的李素。她有点想不明白，这个年纪相仿的男生，他是怎么了？看他表现出玩世不恭的样子，而眼底却藏着浓浓的忧伤，虽然他极力在掩饰，但在有意无意中还是悄然流露出来。

路遇“林妹妹”

一天放学后，林洁如去了琴行练琴，待她出来时，天色已暗，夜幕降临，一盏盏路灯犹如一朵朵绽放在暗夜中的白莲花。在路灯的清辉下,她看见一个熟悉的身影,于是好奇地加快脚步赶了上去。

“李素！等等我,我是林洁如。”

在路灯下玩耍的男孩儿正是李素,他刚才已经回了家,但还没进门就听到父母正在激烈地吵架,当他推门想进去时,又听到“噼里啪啦”摔东西的声音,于是胆战心惊地退了出来,跑到街上玩。他不想回家,那是一个让他深感不安的地方。

听到有人叫唤,李素回过头,原来是新转学来的“林妹妹”,于是难为情地低头不语。

“李素,我是林洁如,我是你的新同学,认得我吗？”林洁如真诚地说。

“嗯！”李素点点头。

“你怎么这么晚了还在街上呀？”林洁如好奇地问。

她不说还好,一提到这事,李素就浑身不自在,但他不想被“林妹妹”看出来,于是又装作满不在乎的样子说:“我喜欢在街上玩,有趣呀！”

第一次和林洁如说话,李素既紧张又开心,他一直偷偷打量走在身边的林洁如,暗想:真是天上掉下个“林妹妹”,好可爱的女生!

有林洁如陪着说话,李素黯然的情绪又活跃起来。

在岔路口分开时,林洁如关切地说:“早点回家哟,父母会等急的。”

看着林洁如离开的背影,李素的眼眶莫名濡湿,他的父母就算他不回家也不会急的,他们已经争吵了两年,两年,700 多个日日夜夜,犹如一场冗长的噩梦。

“李素,大家为什么叫你‘李输’呢？”林洁如的问话一直回响在耳畔,李素自言自语:“是呀,我为什么是‘李输’呢？我怎么就什么都不在乎呢？我在乎什么？”一想到在家里吵到鸡飞狗跳的父母,李素的心又沉甸甸了。

你不是“输”的代名词

有了一次偶遇,林洁如对李素突然就关心起来。这个心地善良的女孩知

道,这个小小的看似什么都不在乎的男生,其实他很在乎,他一定是遇到了什么事情才这样自暴自弃。

班上的同学看林洁如主动找李素说话,于是把她拉到角落,悄悄把李素过往的行为添油加醋地述说了一遍。

“你们了解过原因吗？他为什么会这样？”林洁如问。

一句话问得大家面面相觑,哑口无言。谁也不曾了解过原因就集体把格格不入的李素排除在外了。

“我们一起帮助他吧,真心实意地帮助,我想没有人会喜欢‘输’的,对不对？”

林洁如的号召得到大家一致响应。

林洁如放学后又偶然“巧遇”了李素几次,他们一路谈笑风生。李素紧闭的心扉在林洁如的善意下悄然无声地打开。有一次,他主动向林洁如道出了心里话。

“他们一直在吵,还摔东西,在家里我很害怕,但又不知如何是好……”

看着忧伤的李素,林洁如感同身受,她说:“知道我为什么从上海转学回来吗？其实我面临过你现在面临的事情……无论如何,都不要互相伤害。我们不能因为父母的原因自毁前途,对不对？你不是‘输’的代名词。”

听着林洁如的话,李素呆住了,他没有想到,人人羡慕的“林妹妹”居然也有这样的伤心事,但更让他佩服的是,林洁如把一切都埋在心底,勇敢而快乐地生活。

用秘密交换秘密,李素和林洁如成了好朋友。李素也开始思考关于“输”的事,回想过往的种种,他的脸红了起来。

李素变了

李素变了。

这是全班同学有目共睹的事情,大家知道这是“林妹妹”的功劳,但谁也不知道林洁如到底做了什么，她居然让一个自甘堕落的“李输”变得像是换了一个人。

李素脑子不笨，他以前只是没有目标，在父母天天吵架的家里充满恐惧，对学习的事根本不在意，当林洁如告诉他她曾经历的事情后，他想了很多。他知道父母始终是爱他的，他也知道自己的人生路终究是由自己去走，没有人可以代替，未来怎么样，就看自己努力不努力……目标明晰，学习起来就有动力。李素希望自己能够和林洁如一样，做个快乐的积极向上的孩子。

努力过后总有收获，在李素期末考试取得巨大进步，老师表扬他时，李素红着脸，却是自信地说：“我不是‘输’的代名词，这是林洁如告诉我的，我自己觉得这句话很对。”

是呀，哪个成长中的孩子会承认自己是“输”的代名词呢？

孩子的心灵是一扇小窗，打开这扇小窗观察里面的世界，内心总会波澜起伏。每个成长中的孩子都不想成为“输”的那一个。

有野心，不平庸

幸运小嵇

没有野心的人也许某天会享有盛名，然而，有野心的人不想出人头地则很罕见。

——诺思

“这是一家‘野心’驱动的公司，希望成就对未来抱有美好期许的互联网从业者。”正是因为有“野心”，让他们开辟出一个服务于求职创业的平台。

创业之路并非一帆风顺。一个寒冷的冬夜，到了打烊的时候，他们看着咖啡馆内空无一人，准备收拾一下关门。当初，三人只是想在业余时间有个说话聊天的地方，才开了这家3W咖啡馆。谁曾想咖啡馆开业后一直处于亏损状态，甚至连下个月的房租都交不起。他们都是有“野心”的人，不甘心让咖啡馆自生自灭。就在他们愁眉不展时，走进来一位20岁出头的小伙子。他神情沮丧，有气无力地要了一杯卡布奇诺咖啡，然后闷头喝着。

“他失恋啦？”马德龙对两位同伴说，“很有可能，我们要劝劝他。”在和小伙子的交流中，他们得知小伙子大学毕业后，想开一家网络设计公司，但因为资金问题一直处于搁浅状态。“要是有一个和投资人面对面交流的平台就好了。”小伙子叹着气说道。

小伙子的话让他们眼前一亮，何不将咖啡馆打造成一个服务于创业者的平台呢？为了不给自己留退路，三人第二天分别向各自的人力资源部提交了辞呈。

要实现咖啡馆的转型，首先要解决钱的问题，他们开始频繁拜访风险投资人。半个多月内，他们顶着烈日，皮肤晒得黝黑，嗓子也累得嘶哑了，但很多投资人都只是摆摆手说再考虑一下。到达最后一家公司时，老总正准备外出。一番好说歹说，老总才同意给他们十分钟时间。虽然声音沙哑，但是他们讲的过程中依旧激情澎湃。翔实的数字和具体的市场需求分析，让老总认为这几个年轻人挺有想法的，再看到他们用所有的时间和精力去做这份事业，老总决定把一笔600万元的资金交到他们手中。

接下来，他们从线上和线下两方面进行改造。一开始，他们并不急于装修咖啡馆，而是在网上搞了一份问卷调查，了解求职创业者最需要什么方面的专业服务，先后有几十万人次参与到这份调查之中。汇总数据后，他们仔细分析调查结果，并以此为依据设计咖啡馆装修方案。改造后的3W咖啡馆，每一层都有独特的功能：在一层，创业者可以畅谈创新的点子、碰撞思想的火花；在二层，创业者可以聆听公开课、参加沙龙，与互联网大佬、天使投资人亲密接触；在三层，符合条件的创业团队只需带着电脑，就可以在集中办公区注册公司。创业者可以在咖啡馆畅享咖啡、美食等服务，还能得到联合办公、公司注册、法律咨询、技术支持等服务。为了实现与求职创业者的实时互动，他们还建立了拉勾网，通过线上平台了解最新动态，不断改进优化线下咖啡馆的功能。为了不同于其他招聘网站，他们在拉勾网的效率方面下足功夫：认真对待网上递交的每一份简历，力求让求职者都能及时得到回复，这是其他求职网站很难做到的。咖啡馆转型初期，他们每天的睡眠时间不足四小时，常常连续几天熬夜。累了，趴在桌上打个盹儿；饿了，啃几口干面包或吃一包方便面。两个多月后，三人都瘦了十多斤。

辛劳终获回报，他们不断收到求职者的反馈。有一位求职者说晚上10点钟在拉勾网投了简历，两个半小时后就收到通知，让她第二天去面试。有了这样愉悦的体验，许多用户更愿意去做口碑传播，由此形成滚雪球效应。咖啡馆和拉勾网慢慢步入正轨：估值达到1.5亿元，近3万家互联网企业入驻，员工从6人发展到80人……短短15个月，许单单、马德龙、鲍艾乐交出一份光彩夺目的成绩单。

“野心”在某种意义上并不是贬义词，它象征着更大的发展空间、能力的不断提升、见识更精彩的人生。有野心的人敢于放飞心中的理想。他们的成功经历，对很多甘于平庸和安逸的年轻人有很大的启示意义。

飞机飞向蔚蓝的天空需要强大的推动力，人类的进步也是如此。野心，就是促使我们取得成功的动力。

胡振宇："90后"开火箭公司

陈世冰

梦想，是坚信自己的信念，完成理想的欲望和永不放弃的坚持，是每个拥有它的人最伟大的财富。

——任初七

胡振宇，翎客航天创始人兼CEO，他1993年出生，在科技精英云集的航天系统中，无疑是一个传奇式人物。从中学时候起私自研究炸药，到大学期间逃课研发火箭，再到刚毕业就创办中国第一家民营火箭公司，在被国企垄断的火箭市场分得一块蛋糕……他的经历堪称一部青春励志大片。

走钢丝的"坏孩子"

胡振宇和炸药结缘十分偶然，在他刚记事的时候，一次看到一家商场开业放烟花，冲天而起的礼花绚烂至极。爸爸告诉他，烟花之所以能冲向天空燃放出眩目的礼花，是因为一种叫炸药的东西产生爆炸的力量。从此每每看到燃放的烟花，胡振宇总是看得如醉如痴，对爸爸说的那个炸药产生了种种神秘的幻想。

上了初中，他参加了学校的化学兴趣小组。每次上完实验课，胡振宇总是偷偷拿些没有用完的氯酸钾、硫黄、铝粉、镁粉等实验品回家。晚上，家人睡觉后，他就拿出来对照书上教的配方进行研究。往往是完成一组数据配方，夜就已经深了。

在一个冬天的深夜，他按最新的配方把200克的炸药调配完毕，插上引线后，阵阵睡意袭来，就在他晃动铝罐的一刹那，炸药突然燃烧起来，胡振宇还来不及做出任何反应，装炸药的铝罐瞬间就熔化了，滚烫的液体喷洒在他的手上。

熟睡中的父母被惊醒了，他们把胡振宇送进医院，将他房间里所有的实验品统统扔进了垃圾池，并责令他以后再也不准做这样危险的事情，每天上学放学都要检查他的书包，也不给零花钱了，切断了所有他们认为可能购买配药的渠道。胡振宇却上了瘾，不在家里做，周末就去同学家，配好后再拿回家里，藏在衣柜、床底下的某个角落。

胡振宇说："兴趣是最好的老师，爱迪生的故事就像是一粒种子种在了我心里发了芽、生了根。任何教育，只要是不让我做我自己喜欢的事情，我都当成耳边风。"

到了高中，作业负担一下子重了起来，因为所有的精力都放在化学上，其他高考科目都亮起了红灯，但这并没有遏制胡振宇的兴趣和探索。他和喜欢化学的同学每星期凑出一点零花钱，组建了一个相对安全的公共实验室用来调配炸药。在老师的指导下，每周末都会把方案、流程写好，计算好公式，看似枯燥的实验，他和小伙伴们却乐此不疲。一天晚自习后，胡振宇来到了操场，他带来了约莫一克分量的炸药，他要进行一次撞击实验，通过敲击使它分解。胡振宇心里有些紧张，他知道这炸药虽是一克，但这是有机炸药，性能要高很多，对于结果他一无所知。他觉得今晚是他长这么大以来最安静的一个夜晚。"轰"的一声巨响，整个校园，包括校外面公路上的行人都听到了。胡振宇什么也听不见了，他只看见路灯下跑来的人群。此时，最大的声响来自他的心底，就像一面支撑梦想的墙倒下了，一种莫名的恐惧随着爆炸的烟尘腾空升起。

班主任、校长和他的父母赶到公安局的时候，胡振宇已做完了笔录。市公安局的爆破队长连夜把从他家里搜出来的近5公斤的炸药送到山里进行销毁。

第二天，公安局领导和校长还有班主任都极力主张开除胡振宇，但他的化学老师说："你们如果把他开除，让他流入社会，他会变得更加危险，同时你们有可能扼杀了一个有成就的科学家的未来。”就这样，胡振宇又幸运地留在了学校。

黑暗中的舞者

2010 年 9 月，胡振宇以网球特长生的身份考入华南理工大学工商管理学院。有一天，胡振宇无意间闯入了一个叫科创论坛的网络社群里。这是个火箭爱好者的论坛，里面有不少民间科技达人。但是他们一直有个短板，火箭升空需要一种燃料作为推力，这种燃料就是炸药，市场上买不到。一直对炸药有研究的胡振宇立即向论坛版主发出申请说，自己可以为他们解决这个问题。

进入论坛后，他如鱼得水，每天大部分的时间都泡在这个论坛里。但他很快发现，这里的每个人都是各自为战：有的专门搞设计，有的擅长搞制造，有的只能搞组装。胡振宇想，如果把这些人组成一个团队，那么火箭从设计到加工、制造、组装，整个流程全部做出来就会事半功倍。

2011 年 9 月，广州在校大学生独立研究探空火箭的项目团队成立了，组长是胡振宇。那时，胡振宇的想法很简单，“就想做很牛很炫的产品，能升上天就可以了”。

2011 年 11 月，团队要进行第一次仿真实验。在两个月的时间里，胡振宇和他的团队从来没有在凌晨 3 点前睡过觉。他们买不起发动机来采集推力和压力数据，就拆了实验室的抽屉做了一个测试台，然后到处借钱买来传感器、滑台、钢板、模板，火箭的箭体就用市场上买来的 PVC 管。测试的头一天晚上干到了快天亮，睡了半个小时。为了安全起见，凌晨 6 点他们借了辆自行车把这30 多公斤的设备拉到了大学城的外环。四周静极了，胡振宇仿佛听到了伙伴们怦怦的心跳。胡振宇极力让自己颤抖的手安静下来，按下点火开关，一瞬间，两个多月所有的努力、心血和设备顿时炸为乌有。

第二次，火箭还没有起飞就在发射架上炸开了。

第三次，火箭就像是一块石头，稳稳地立在那儿。

第四次……第五次,第六次,第七次……

他们弹尽粮绝,要将项目搁置了。

柳暗花明,一个成功的校友看到了胡振宇和他的团队的报道,他联系胡振宇,提供了10万元钱的无偿资助,希望他们将梦想继续下去。学校这时候也为他们提供了许多实验器械,请导师为他们提供必要的指导。

2013年的7月,胡振宇和他的团队要进行一次终极仿真实验。烈日当空,20多人扛着铁锹,抬着发射架在还没修好的高速公路上走了3公里。大家齐心协力把这50多公斤的火箭组装、安顿在发射架中。为了安全起见,他们拿着铁锹挖了几百公斤的沙子,装在沙袋里面,一个个垒起来做成掩体。7月28日下午两点,这个火箭承载着胡振宇和团队的梦想呼啸着直射苍穹。

伙伴们欢呼着拥抱在一起,胡振宇背转身,双手捂住脸,泪水涌出。他想,成功是最让人畏惧的一个词汇,它或远或近,蕴藏着看不破、悟不透的玄机。

吃螃蟹的第一人

2014年1月,还是大四学生的胡振宇,在深圳注册翎客航天,成为国内第一家民营航天公司,主营探空火箭。

在国内市场,探空火箭的开发应用一直被中国航天科技集团垄断,但胡振宇偏偏要从中分一杯羹。他说,因为体制的原因,国企提供的探空火箭服务,每次发射报价高达300万元,而探空火箭的主要客户是科研经费相对紧缺的高校和科研院所,对于300万元一次的报价,他们有些力不从心,因此研发低成本的探空火箭有着巨大的市场需求。同时,对于中国航天科技集团而言,探空火箭价格低廉,远不如发射卫星赚钱,因此也没有太大的投入意愿,新技术的研发和应用往往滞后,这正是翎客航天打破国企垄断的发展契机。

胡振宇说:“翎客航天的核心竞争力就是性价比。”2014年9月底,翎客航天研发出一种体形更小的探空火箭,长度3米,箭体直径300毫米,有效载荷40公斤。它的作用是将搭载的仪器送到几十至几百公里的高空,进行几分钟的科学观测，发射一次的成本仅为 150 万元。胡振宇说：“我们能做到低成本的研发，来源于对每一条渠道供应链的压缩，我们的火箭燃料、发动机等核心技术、核心的组件一定是从最基础的工业原材料开始独立生产，采购的东西只占 20%。最为关键的是，一枚探空火箭价值上百万元，但上面的载荷可能价值上千万元，之前基本上用一次就废了，我们现在可以做到载荷回收，甚至让火箭原路返回。”

价廉物美的探空火箭引来了众多高校和相关的科研院所的关注，一些东南亚国家的研究院也闻风而来。2014 年 10 月的上半月，翎客航天就接到了十份订单，价值 1600 万元。

对于未来，这位“90 后”的公司负责人充满了信心：“到 2014 年底公司将完成融资一个亿。3 年后将最大飞行高度 200 公里以上、载荷 50 公斤以上的探空火箭推向市场。5 年后，推出直径达 3.35 米的小型卫星运载火箭。”

是的，胡振宇成功了。他回首少年时代，指着办公室墙上那幅中国象棋盘的摄影作品，语气有些沉重地对记者说：“这是我从小就喜欢的一幅作品，棋子都是活灵活现的卡通图案，表情各异。每个棋子都有自己固定的行走路线，它不能有任何的改变。这些棋子就像我们现在的孩子，他们一上学，就会沿着一条固定的线路前进。我那时读书，捣鼓炸药，研发火箭，完全是离经叛道，无异于是在走钢丝。我在看不见未来的黑暗中东闯西撞，就像一件瓷器，不经过烈火就不会有脱去泥胎的质地。梦想就像是一只疼痛的火把，指引着我一直向前去。”

高尔基说，暂时的是现实，永生的是梦想。那些绝望与希望并存的时刻，都是躯体与灵魂的高度对话，从而一次次遇见更好的自己。梦想还是要有的，万一实现了呢？

成功的秘诀

倪西赟

没有加倍的勤奋，就既没有才能，也没有天才。

——门捷列夫

一位记者采访一位世界射击冠军，问他成功的秘诀是什么。射击冠军想了想说了三个字：稳、准、狠！

稳，就是面对任何事情，必须一开始就让自己的心态平静、平稳下来，不惊不惧，不喜不躁，真正做到心平气和。当一个人稳如泰山的时候，有什么事情是可怕的？

准，就是面对目标，自己要做出准确的判断，不盲目，不盲从，不被假象迷惑、诱惑，始终瞄准它，否则，无论你的心有多稳，手有多稳，都将成为摆设。

狠，就是对看准、瞄准的目标，不动摇，不退缩，有一股九头牛也拉不回的倔劲儿，有一股咬定青山不放松的狠劲儿，直到成功为止！

世上事，无难事。只要你掌握了“稳、准、狠”这三字秘诀，做你想做的事，不成功都难！

正所谓勤能补拙。凡事就怕认真二字，无论在什么领域，无论做什么工作，只要勤加练习，总会出类拔萃的。

所有绝境都必藏生路

王万龙

虽然世界多苦难，但是苦难总是能战胜的。

——海伦·凯勒

他诞生在美国新罕布什尔州的桑顿乔森林地区的一块贫瘠的土地上。他的出生似乎就意味着要尝遍世间的悲苦与辛酸。3 岁丧母，7 岁丧父，童年的笑声还不曾透出他的咽喉，他便成了举目无亲、孤苦伶仃的孩子。

命运将所有的不幸都压在他柔弱的肩膀上。为了生存，他不得不作出比山区里一般的孩子更为艰苦的挣扎。他先是寄人篱下，为了做工，尽管每天工作 14 个小时以上，可仍是吃不饱饭。没有人愿意和他在一起，他亦不曾拥有朋友。他每天需要过的生活就是在不停劳动的同时，忍住主人和孩子的嘲弄以及虐待。

为了脱离困苦的生活，为了让自己的身体不再经受摧残，他先后跟从了五个主人，但遗憾的是，情况丝毫没有好转。

14 岁的深夜，他决定要有所突破，要彻底挣脱这种奴隶式的生活。于是，在一个阳光明媚的周日清晨，他仓皇出逃，颠沛许久之后，终于在一家锯木厂找到了工作。无意间，他在工作中得到了一本名为《自己拯救自己》的励志图书，他想，自己

也是可以成就一番事业的，因此，忽然意识到了知识的重要性，力图抓紧一切可以读书的机会刻苦钻研。

和所有孩子不同的是，他的求学经历是个窘迫不堪的马拉松实验。他一面工作，一面靠微薄的收入来断断续续地上学。从 14 岁念到 23 岁，他终于踏入了大学校门。他知道这一切有多么来之不易，因为不肯错过任何一个可以学习的机会。甚至为了逼迫自己努力读书，他还给自己制订了一系列苛刻的学习计划。9 年后，当同龄人正为前程忙得头破血流的时候，他已经顺利拿下了波士顿大学学位、奥拉托利会学士学位、波士顿大学硕士学位、哈佛医学院博士学位，以及波士顿大学的法学学士学位。

同时攻读多个学位的事实并未影响他的收入。毕业前夕，他已经积攒了 2 万美元，以备创业。17 年后，40 岁的他成了一位旅店业里的举足轻重的大亨。

就在事业蒸蒸日上如日中天的时候，天灾人祸接踵而来。连年干旱致使经济萧条，日渐衰落，更要命的是那些对他来说是重要至极的旅店，均在一场场不知名的大火中被夷为平地。倾注了其一生心血的五千多页的手稿，也在大火中消失殆尽。

他不曾就此屈服，尽管负债累累。他带着永不改变的梦想来到了波士顿，开始了成功学方面的创作。比起以前，他此时更有资格投身这个神圣的事业。悲苦的童年，四十多年的奋斗生涯，传奇的人生经历让他曾站在了人生的最高处，又被抛入低谷。因此，命运的磨难，让他对财富拥有着异于常人的领悟力。

1894 年，在他心灵深处沉寂了三十年的梦想终于实现。其处女作《伟大的励志书》获得了空前巨大的成功，一年之内便再版 11 次。截至 1905 年，仅在日本一国的销量就突破了 100 万册。

三年后，他义无反顾地创办了《成功》杂志。同样，获得巨大成功。单册发行量超过 30 万册，拥有员工 200 名。但命运喜欢对他加以捉弄。1911 年，《成功》杂志因先产生内部分裂，后得罪权贵而被告上法庭，无奈停刊。他又一次被命运从巅峰抛至谷底，债务缠身。

他仍不曾放弃，于7年之后再次创办了《新成功》杂志。此刻的他，已是步履蹒跚，77岁高龄。直到6年后他谢绝人世，这本杂志还是照旧影响着千千万万的忠实读者。

这就是奥里森·马登——全世界公认的美国成功学的奠基人和历史上最大的成功励志导师，成功学之父。

如果有人要探寻奥里森·马登的成功秘诀，那么，我想答案一定是因为他比任何人都清楚，所有绝境的悬崖边，都必然会暗藏着一条通往光明的生路。

你想成为什么样的人，那你就得承受相同级别的考验。在皇冠加冕之前，你只需要做好自己。要知道机会从来都是留给有准备的人的。

这座城市的繁华并非与他们无关

袁恒雷

爱别人，也被别人爱，这就是一切，这就是宇宙的法则。为了爱，我们才存在。有爱慰藉的人，无惧于任何事物、任何人。

——彭沙尔

2001年，张铁超在复旦大学读研。一次偶然的机会，他和同学一起去上海市郊江湾镇的农民工子弟学校给那儿的孩子们上课，杨浦区江湾镇是农民工聚居的地方。

原本，张铁超是冲着玩儿去的。他想象中的画面是这样的，虽然学校很破旧，可孩子们很天真，上课时孩子们听得聚精会神，高高兴兴；等他们要离开了，孩子们依依不舍，挥手相送……就像电影里那样。可是现实完全不是如此，整堂课非常吵闹，没有几个孩子认真听讲。当有志愿者拿出一大袋糖果时，他们才终于安静下来。

当他们离开时，学校的老师把一大袋糖果撒向空中，孩子们开始抢，有人打闹，有人哭……就在那一刻，张铁超的心被深深地刺痛了，难道给孩子们带些好吃的糖果就能够改变什么吗？张铁超觉得自己的想法太幼稚了，要改变一点什么真是任重道远。

上海是个国际化大都市，每年都在扩张，往田地中生长，到处在建地基、造房子，无数劳动者离开他们的土地来到上海，从事那些最苦最累的活，维持这个城市的运转。可是人们往往只看到这座大都市的华丽光鲜，很少有人注意到那些隐没在灰暗角落里的面孔。

那些跟着父母来到大城市的孩子难道真的可以享受到城市给予的荣耀吗？当很多上海家庭不惜代价满足孩子的各种需求，让孩子上名牌大学的时候，那些辗转来沪的外地孩子却还在为争抢一颗糖果而打架，而哭闹。

从那以后，张铁超开始力所能及地为外来孩子做事情。

一到周末，他就去农民工子弟学校上课；一有机会，他就为孩子们募集图书、体育用品和电脑。

第二年，张铁超意识到这些农民工子弟缺少一个固定的场所，孩子们下课后甚至没有一个学习和交流之处，他们的父母也没时间管他们。在朋友的资助下，张铁超租了国权北路久干公寓的一套三室两厅的房子作为孩子们的活动基地，命名为"久牵"活动中心。

就这样，张铁超做志愿者的热情越来越高，复旦大学的同学也给予了很多支持，轮流来给孩子们上课，开启了很多课程。公寓里每天都热热闹闹的，洋溢着孩子们的欢笑声。

但好景不长，一年之后这个地方就撤了。没别的原因，没钱了。张铁超发现，当你试图改变一点什么的时候，其实并没有想象中那么简单。

他只好重新把志愿者工作的重心放回学校，他又定期去给农民工子弟学校的孩子们上课。

后来，张铁超一个人躲在家里看电影，看着看着，他感动极了。

那部电影叫《放牛班的春天》，电影里，一群孩子在马修老师的指挥下，用童声唱出了天籁般的《海洋》，张铁超的眼睛湿润了。一个念头在他的心里激荡："我也要搞个合唱团！"

但张铁超的合唱团却办不起来，什么都缺：一没基础，二没老师，怎么办？

后来，他在网上和一个做公益的朋友闲聊，聊到电影，他就说看了《放牛班的春天》后想办个合唱团，对方说正好他那儿有一位志愿者是学音乐的，可以当老师，免费教孩子们唱歌，要不试试？

于是，2006 年 2 月 28 日，张铁超和这位音乐老师到那所民工子弟学校挑选了44个孩子,成立了合唱团,名字就叫“放牛班的孩子”。

然而合唱团成立的第一个月,张铁超花得最多的时间是用来劝架和维持纪律。好不容易把纪律维持好了,孩子们终于可以安静地坐下来一起唱歌了,一张嘴,张铁超又愣住了。这44个孩子没有一个受过音乐训练,没有一个能完整地唱完一支歌。他们认为的唱歌就是把歌词大声地喊出来。

张铁超告诉他们,合唱不是让自己的声音盖过别人的声音,合唱是所有人相互融合,相互支撑,相互构建,把一个最美好的世界用歌声表达出来。

合唱团找老师很困难,专业的老师上课一次最低500元,张铁超自然是付不起的,只好靠志愿者来教孩子。但志愿者有一个问题,那就是人员很不稳定。合唱团的老师有在校大学生,也有公司白领,短的教一个月,长的教半年一年,已经先后换过7个老师了。

一开始,张铁超雄心勃勃地梦想着训练出一支非常棒的合唱团,就跟电影里一样,去全国巡演,让所有人都关注到这个农民工子弟群体。

然而,现实不是那么容易被梦想超越的。跟城市孩子相比,这些外来农民工的子女们天生有一种自卑感。张铁超发现,这些孩子甚至都不敢在人前大声讲话或表达自己的意见,更没有自信。这些孩子与本地孩子的处境有着天壤之别。

张铁超研究生毕业后在上海一家贵族学校当老师,待遇相当不错。上那所学校的都是有钱人家的孩子,高中一年的学费就是8万元,上课用的是国外教材,高中毕业不参加高考,直接去参加海外高校的入学考试。

但是这些农民工子弟学校又是怎样的状况呢?他们甚至没有一座安静的校园,教室都是临时租用或改造的,有的是仓库,有的是废弃的厂房,桌椅歪歪扭扭破烂不堪,师资更是不行,有的老师英文发音很不标准,这样的场景会让人怀疑,这也是在上海吗?可这的确也是上海。只不过,太多数的人对这个群体有意或无意地忽视了。张铁超从做志愿者的那一天起,努力在做的就是,想让那些外来的孩子能多感受一些这座城市的美好。

在张铁超和众位志愿者的不断努力下,畏畏缩缩的孩子们终于挺起了胸膛,不敢开口的孩子也张开了嘴,只知道喊歌的孩子也知道在什么时候用什么样的节奏发出声音了,“放牛班的孩子”的歌声终于放飞了。

3个月后,孩子们迎来了第一次公开演出,在中福会少年宫,合唱团唱出了《让世界充满爱》《拯救世界》《童年》3首歌。

在张铁超听来,孩子们的歌声不能说有多精妙,因为他们根本无法企及那些从幼儿园就开始培养的合唱团的水平,但是张铁超在舞台边听得泪眼朦胧。演出结束后掌声如潮,有几位外国友人一直站着鼓掌,用不熟练的中文对孩子们说:“你们是最棒的。”

那一次,观众们还捐献了10万元钱,用来资助合唱团。

对孩子们来说,合唱团是一种全新的生活,在上学和帮父母干活之外,他们感受到了从未属于他们的被人尊重的自信和快乐。

为了这个合唱团,张铁超越来越忙,贵族学校的工作顾不上了,索性辞掉。正当他想放开手把合唱团搞得红红火火时,一个巨大的困难摆在了面前,那所民工子弟学校因为无法达标,关闭了。

无奈之下,张铁超自掏腰包,在逸仙路一个小区租下了一套两室一厅的房子,建立了另一个“久牵”活动中心。那地方不大,人却不少,每个周末,分散在四处的孩子们又会来到“久牵”相聚。

在这里,这个合唱团不仅仅是合唱团,这里有各种各样的乐器和课程,古筝、笛子、吉他、口琴……孩子们可以在这里按照自己的兴趣感受快乐。

每年夏天,“放牛班的孩子”合唱团都要举办一次“回乡之旅”活动,张铁超带着孩子们回到他们老家的村庄给孩子们演出。

他们每年有几个专场音乐会,还有久牵新年音乐会;他们参加了世博会的演出;在2012年东方卫视的春晚上,合唱团的孩子们还跟姚明共唱了一首

《快乐相随》。6年了,“放牛班的孩子”继续唱着,而且名气越来越大。

这些年来,进进出出合唱团的孩子有一百多人。张铁超发现,每个孩子都在这个合唱的歌声里变得热情、开朗、活泼、自信。他甚至发现,孩子们在唱歌的时候,每个人的眼睛都闪闪发亮。

张铁超自己也变得不一样了,他更安静了。他不再奢求“放牛班的孩子”成为一流水准的合唱团,那已经不是他的目标,他只想要孩子们享受音乐,从歌声里感到快乐。他所做的一切,只是为了让孩子们知道这座城市的繁华并非与他们无关。

一个心怀大爱的人,无论在何时都是充满力量的,并且借助这力量一直向上攀登,最终会找到属于自己的天空。

往前看，或许有不同的风景

程刚

必须在奋斗中求生存，求发展。

——茅盾

大学毕业后，我经过努力，应聘到一家大公司试用。这家公司前景广阔，能在这里工作是许多人的梦想。为了能留在这里，我每天加班加点，虚心学习，很快得到了领导的赏识和认可，也得到了周围同事的好评。

一转眼，三个月过去了，这些天我的心里格外忐忑，不知道自己能不能留下。但我对自己还是非常有信心的，在试用期的10个人中，我这三个月以来的业绩最好，受表扬也最多，如果不留我，其他人没有留下来的理由。可事与愿违，当人事主管宣布人员去留的时候，我在走人的名单里。我们将在两天后离开公司，明天总经理找我们谈话。

当天晚上，我们几个将要走的人聚在一起，抱怨着命运对自己的不公。大家尤其为我打抱不平，这三个月来，我在公司表现这么抢眼，各项工作已进入了状态，怎么就留不下呢？大家都鼓动我，明天总经理谈话的时候，一定让他给个说法……

晚上回到公司，正好遇上主管。此刻，我最恨的人就是他。这三个月来，我做了那么多事，可听说他根本没有举荐我，而是举荐了别人。我愤怒地扭过头，装作没看见他，可他却拉住了我，对我说："程，我刚才正找你，我想请你吃饭。"他能看出我有情绪。也好，你请我，我今天就好好宰你一把，反正明天我也走人了，我心里想着。"去哪？"我问。"去海鲜城吧。"主管对我说。我心中暗喜，海鲜城消费很高的。

晚上，我如约来了，主管打电话说有事晚来，让我先点菜。我不容分说点了一堆菜。菜上得很快，主管过来时，就快齐了，看着一桌子菜，我似乎有一种报复后的快感,可主管很平静,我再也忍不住了,带着气直接对他说:“你不问我为什么点这么多菜?”主管笑了,对我说:“都已既成事实,我为什么要问呢?”我顿时一愣,也失去了抱怨他的由头。

主管笑着看了看我,对我说:“程,这个海鲜城的经理曾经是我们公司的员工。”我有些诧异。主管接着对我说:“那一年,他从人事主管的位置上莫名被撤换,当时我还是秘书。那一天,经理找他谈话,我在场。我想,你一定会想,他来经理办公室后一定会大吵大闹,问为什么裁掉他。可我告诉你,他进经理的办公室后,根本没有问公司为什么裁掉他,而是直接问经理,他离开后,在哪个行业发展会更好,有什么需要注意的地方。”经理本来是做好被他百般挖苦甚至谩骂的准备的,可他这一问,让经理不知如何是好,一下子把他的优缺点全都分析了一下,并给他提供了一条重要的建议,这个城市缺海鲜城,并说他有管理经验,如果能运作这个事,以后公司所有商务活动都在这里。我想,如果他当初硬是揪着问个究竟为什么撤换他,或许今天他依然是个职员,而不是这座城市里最有名气的酒店老总。我曾经问他为什么不问一下被裁撤的原因,他对我说:“被裁撤我心里肯定难受,但这都既成事实,就不要再去伤害自己了,不如往前看,或许有不同的风景。”主管的一席话顿时让我的脸红了起来,那一刻,我深受启发。

是啊,既成事实的东西,为什么我还要再去追问,再伤害自己呢?第二天,我最后来到经理办公室,看上去他很疲惫,刚才从他办公室的吵嚷声里,我知道所有人都在向他抱怨。可我开口对经理讲的第一句话就是:“经理,您看我离开这以后,下一步该如何发展,可否帮我分析一下……”话一说完,我立即看出了经理眼中的异样,他没有回答我的问题,而是直接拿起电话打给另一家大公司,向公司的经理举荐我……一周后,我便去了那里上班,如今,我也当上了主管,开启了事业的另一番天地。

其实,职场上我们可能遇上很多偶然,遇上许多自己难以接受的事,有些时候,我们没有必要去计较,去计较就是伤害自己。人生无常,不如往前看,或许就会看到不同的风景。

在什么位置不重要,重要的是,你要一直往前走,因为往前走,你才可能看到更多的风景、不同的人、更多的机会,你才会遇见生命中另一个自己,那样你就重生了!

用石头摆出人间奇迹

彭根成

有信心的人，可以化渺小为伟大，化平庸为神奇。

——萧伯纳

在美国的科罗拉多州的博尔德景区内有一座平衡石头艺术公园，每天都吸引很多世界各地的游客前来观赏。

平衡石头艺术公园的缔造者迈克尔，1984 年出生在加拿大的埃德蒙顿地区。2002 年，18 岁的迈克尔来到美国的科罗拉州多读大学。即将大学毕业时，他和几位同学到博尔德景区游玩，在一条小河旁，他看到两个小朋友在河边玩石头垒房子的游戏，一个稍大的小朋友已经用石头垒成一个“楼房”，而另一个小朋友却怎么也垒不起来，急得直哭。

好心的迈克尔便上前去帮忙，他心想：“我何不试试把石头立起来，再往上垒呢？”这样才能显示出比小孩子更高明。第一层从地面垒起来还算顺利，可是他在垒第二层石头时，就遇到了困难，因为第二层的每一块石头都要立在第一层的石头上，开始，迈克尔摆了几次都没有成功。于是，他深呼吸几次，让内心平静下来，尽量让双手保持平稳，一点点调整石头的重心。反复几次之后，迈克尔居然成功了。虽说废了很大工夫，但是一座漂亮的“楼房”还是垒起来了。

跟迈克尔一同来的同学都对迈克尔的杰作赞叹不已。有个同学自言自语地说：“要是能把多块石头垒在一起，摆成各种独特的造型就更好了！”说者无心，听者有意，受到启发的迈克尔拾起两块石头又摆弄起来，不一会儿，迈克尔就成功地摆出令人们不可思议的造型。

这次的经历激发了迈克尔摆石头的兴趣。从此,迈克尔一有时间就到这里练习摆石头。他先挑有棱角的碎石练习,一开始摆两块,然后三块、四块、五块……再逐渐地掺杂一些难度比较高的鹅卵石。

在练习的过程中迈克尔发现,平衡石头的最基本的元素是在石头上找到三个支撑点,类似于三脚架或三足鼎。所有的岩石都有各自独特的凹凸不平,覆盖着各种大小缺口,从这些缺口中找到三个立足点,就能让它们站立起来。即使是岩石上最小的缺口也会产生附着力,这种附着力就是石头本身的重力在石头间形成的一种无形"黏合剂"。

在不断的实践摸索中,迈克尔还感到靠理论是不能使石头平衡的,要想成功,还必须要有惊人的耐心、足够的专注力、平稳的手力和缓慢的呼吸,以及成功的意念。于是,空闲时,迈克尔开始练习打坐和冥想,通过冥想赋予每个石头生命力,再用自己的意念和耐心,调节身心的平稳,就能发现石头之间微妙的平衡。

2006 年,迈克尔大学毕业后,想专门从事平衡石头的雕塑工作,但遭到父母的极力反对,他们认为摆石头只能当成业余爱好,绝不能作为一门事业。但是,迈克尔并没有听从父母的极力劝阻,专门做起了平衡石头的雕塑,他称自己为"石头平衡艺术家"。他利用博尔德景区的独特资源,设计了一座平衡石头的公园。在这里,他完成了大量的石头雕塑,每一个雕塑都使人感觉这些石头浑然天成,摆脱了重力的束缚,让人难以置信这是用石头所能达到的境界。

2014 年 6 月,迈克尔的平衡石头艺术公园向全世界游客开放。10 月, 迈克尔还接到意大利米兰世博会组委会的邀请, 将于 2015 年米兰世博会期间在世博园举行平衡石艺术表演。

迈克尔的"作品"有一种魔力,能让人感到内心的平静。他曾对游客说:"克服你内心对成功的怀疑,通过不断努力,任何事情都有可能。"

任何事情都有可能在某一时刻成功。当你觉得不自信的时候,你就告诉自己,我是可以的,我跟别人是一样的。因为我们都是一样的,不要怀疑,谁都有成功的权利!

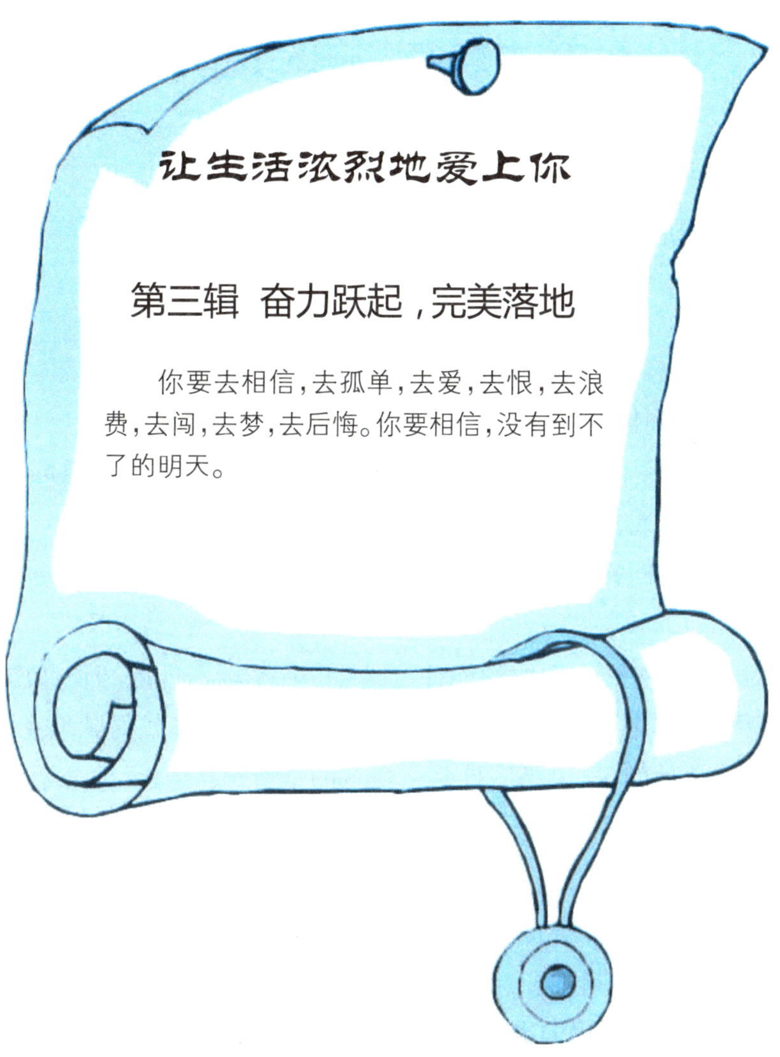

让生活浓烈地爱上你

第三辑 奋力跃起，完美落地

你要去相信，去孤单，去爱，去恨，去浪费，去闯，去梦，去后悔。你要相信，没有到不了的明天。

我有梦想，不必实现

戎裴云

我觉得坦途在前，人又何必因了一点小障碍而不走路呢？

——鲁迅

前些日子收到一个漂流瓶。

“你好！请问你当过兵吗？”

对方的QQ图像是一枚发射升空不久的远程导弹，我推测他可能是现役或退役的一名军人，怀着无比的尊敬我做了这样的回复。

他没有直接回答我的问题，而是饶有兴致地给我讲起他一路走来的人生体验：

小时候，绿色军营是他的向往之地，并多次写入日记和作文中弄得同学皆知。希望有朝一日自己身穿飒爽迷彩握着钢枪抑或驾驶坦克、军舰或战机驰骋于天地间，这该是一件多么快意的事情啊！于是，他开始埋头苦读以报考军校，把梦想的路线图在现实世界里铺开。造化弄人，也许是读书太过上心的缘故，近视眼镜架在鼻梁上让他的军营之梦越来越遥远。

“做一名没有军装的战士！”学生时代的他这样在心里对自己说。教室里，考场上，他以军人的精神和意志投入到一场场没有硝烟的战斗之中，如坦克般清除一个个难题障碍向纵深挺进，像军舰般迎接一次次考试风浪的洗礼向深蓝远航，似战机般呼啸在知识的长空俯瞰辽阔的疆域……别人沉睡我做题，别人嬉戏我看书，别人偷懒我精进，凭着一股不服输、敢亮剑的精神，终于以绝对的优势考入一所令人心仪的大学。

“做一名没有军装的战士！” 工作时代的他依然在心里这样对自己说。“初唐四杰”之一的杨炯在其名诗《从军行》中说过，“宁为百夫长，胜作一书生。”如今，他虽然“沦为”一介文职书生，却仍然可以具备军人的胸襟和豪气。不必从戎作百夫长、千夫长、万夫长，困难面前不低头，挫折袭来不停步，失意的阴霾自然不会将心头笼罩，军人的气质就这样自内而外地透出，而工作上一个个新成绩的取得就是对“军人”一词的最好的注解。

我有梦想，但不必百分百实现。这对追梦人是个不错的提醒。

梦想只是载体，为梦想活，只是生活的方式。关键是我们要一直努力去奋斗，这才是人生的主旋律！

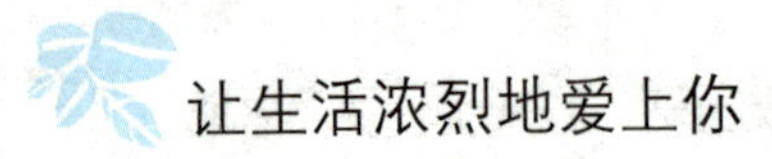

请顶级大厨主厨学生食堂

彭根成

国家是为人建立，而不是人为国家生存。

——爱因斯坦

最近，英国皇家中学的校长亨特遇到了一件烦心事。每天一到单位，就看见办公桌上放着很多学生的投诉信，主要反映食堂的饭菜问题。

这件事在学校内部已经折腾一段时间了。一开始，学生感到食堂的饭菜越来越不好吃，胃口越来越差，倒掉的剩菜剩饭也多了起来。很多学生在课堂上出现了萎靡不振的症状，体育场上也不见了学生欢蹦乱跳的身影。

学校想了很多解决办法，厨师换了好几个，食堂管理员也调换过几回，但是每次都是一开始有点效果，但时间一久又恢复了原状，以致学生的厌食情绪越来越严重。学生开始陆续给校长写投诉信，但都没有引起校方的足够重视。后来，有些学生的家长也来到学校，跟校方进行严正交涉。学生和家长一致反映，学校为了省钱几次更换的厨师都没有经过正规培训，也没有相关部门颁发的厨师资历证书，这样的厨师做的饭菜还不如家庭主妇做的好吃。如果学校一周内再不彻底解决食堂厨师问题，学生就要集体绝食，并就有关问题向政府部门抗诉。

为了不使事态扩大，校长亨特和其他相关领导经过反复磋商，只好花重金聘请 Restaurant Gordon Ramsay 餐厅的三星级米其林大厨戈登·拉姆齐前来助阵，参与食堂的管理。米其林是世界专门评点餐饮行业的权威鉴定机构，其星级评鉴分三级，即一星级、二星级、三星级。三星级是最高级别，三星级的米其林大厨也是世界上最高级别的厨师，所以三星级的米其林大厨戈登·拉姆齐也是当今世界上级别最高、佣金最昂贵的厨师。

戈登·拉姆齐了解英国皇家中学的实际情况后，首先从改善学生的就餐环境开始，他重新装修了原来的餐厅，在设计中添入更多的艺术色彩。餐厅的装修以颜色为主调，分红色、粉色、黄色、绿色等不同颜色的餐厅，学生可以根据自己喜欢的颜色选择就餐环境。另外，学生用餐的餐具也做了相应的艺术设计。

其次是改善食堂的饭菜质量，从食材到用料，以及色、型、味等方面，都按米其林餐厅的标准打造，每餐都保证学生有多样饭菜可供选择和食用。每周定制一份菜单，并发给学生进行测评，食堂根据测评结果和学生的喜好来增减饭菜品种，以适应学生的用餐需求。

戈登·拉姆齐还对学校餐厅的厨师进行轮流培训，培训处就是他自己开设的三星级米其林餐馆，这是众多厨师梦寐以求的机会。培训回来后，食堂的饭菜质量明显有了提升。

通过一系列改善，学生开始对学校食堂的饭菜产生了兴趣。最受学生欢迎的是戈登·拉姆齐亲自主厨为学生制作的米其林法式料理。这种肉质鲜嫩、口感丰富、味道独特的料理，可是要花上百英镑才能在真正的米其林餐厅吃到的，而学生们只需花上 3 英镑左右就能吃上，学生们真是从嘴爽到心里啦。

现在，学生每到用餐时间，都会抢先奔到自己喜欢的餐厅就餐。晚上回家还都嫌家里的饭菜不如学校的好吃呢。

英国皇家中学能从学生利益出发，为了孩子的学习和健康成长，不惜下大力气请米其林大厨来改善学生的伙食，这种做法值得我们深思。

凡事都应从小处着手。一切政府性行为，都应当考虑个体感受。我们做到这一点了吗？

名人痴迷“忘食”

韩青

我扑在书上，就像饥饿的人扑在面包上。

——高尔基

中外许多事业有成的名人，往往为了研究某个问题，专心致志，痴迷“忘食”，闹出了不少笑话。

陈景润有一次去食堂吃饭，想着一道难题的解法，想着想着，竟转了个圈又回来了。别人问他：“你吃饭了吗？”他竟回答：“吃过了。”

牛顿有一回请朋友到家做客，饭菜做好后，他就去实验室专心致志地做实验了。朋友来后，找不着牛顿。他等了又等，还是不见牛顿。他因急于赶去上班，就独自把菜吃了，并把吃剩的鸡骨头放在盒子里，然后走了。傍晚时，牛顿做完实验准备吃饭时，但当他看见盒子里的鸡骨头时，显出突然醒悟的样子，哈哈大笑说：“我以为自己还没有吃饭哩，原来早已吃过了。”

贝多芬一天到饭店去吃饭。他找了一个位子坐下来，而全部心思却还在作曲上。他捕捉到了一个优美的旋律，非常兴奋，顺手把饭桌上的菜谱翻过去了，记下心中的旋律。一个小时过去了，一位侍者从他身旁走过，他才忽然若有所悟，叫住侍者，让侍者给他结账。“先生，您还没有用过餐，结什么账？”侍者不解地说。“真的吗？我还没有吃过饭？”贝多芬疑惑地反问。

美国数学家维纳有一次从寓所里出来，去饭店吃饭。路上，他与朋友相遇，讨论起学术问题来。过后，他忘记自己是否吃过饭。他问朋友道：“你刚才看我朝饭店方向走，还是朝寓所方向去？”朋友开玩笑说：“你是朝寓所走的。”“对！对！我已经吃过饭了。”说完，便回寓所，继续他的研究工作。

1905年3月14日是爱因斯坦26周岁的生日，他的朋友们特地准备了他最爱吃的伏尔加鱼子酱。这道菜上桌时，爱因斯坦正在兴致勃勃地评论牛顿的惯性定律。他边吃边讲，吃完了鱼子酱他才告一段落。朋友们问他刚才吃的是什么，他说不知道，当告诉他是伏尔加鱼子酱时，他竟惋惜地叫了起来。

生活中，那些在各行各业取得一定成就的成功者几乎都是极其专心、投入的痴迷者，而这样的痴迷者往往又是忘食者，他们之所以不饥饿，是因为他们品味了一道道丰富的精神大餐。

天才是百分之一的灵感加百分十九十九的汗水。每一个伟大的人之所以取得那样骄人的成绩，是因为他们把所有精力都投注在一件事情上。

把绊脚石当作垫脚石

徐伟

每一种挫折或不利的突变,都是带着同样或较大的有利的种子。

——爱默生

那是一年的大年初六,家家户户仍沉浸在过新年的喜悦中,吃喝玩乐是人们生活的主题。而在浙江丽水缙云县的车站,一位父亲拉着一个瘦弱少年的手,不舍地说:“孩子,能不能等雪停了再走?”“不,爸爸,不找到合适的店面,我绝不回家!”少年坚定地说,然后向不远处的车子走去,鹅毛般的雪花立刻拥抱了他。少年留给父亲的,是坚毅的背影和一串洁白的脚印。

这位雪中少年,年方十六,家贫辍学,学会了做家乡的特色小吃缙云烧饼后,便卖起了烧饼。但小生意一直不景气,他希望找到好的铺面寻求突破,大年初六就行动了。毋庸置疑,这个敢想敢干的少年,一定能干出名堂。是的,他此行寻到了“黄金”店面,烧饼生意做得红红火火,后来还开起了连锁店。但他不满足取得的成绩,掘得第一桶金后,他先后卖水果、开书店、办工厂,不断寻找新商机。这一干就是十个年头。

时间到了2006年,昔日的纤弱少年已长成力壮青年。可他神情落寞,一脸疲惫。原来,敢于冒险的他,十年间不断折腾,多以失败告终。最近一次失败后,他像一只受伤的小麻雀,回到家乡小村父母身边“疗伤”。

母亲见曾经斗志昂扬的儿子整日垂头丧气、郁郁寡欢的样子,很是着急。父亲却像没事人一样,时不时哼小曲儿。一天,一位开网店的朋友劝他也开网店,守家带地做生意。他听罢眼前一亮,说“好啊”。可是,瞬间,他眸子中的火焰熄灭了。“我无论干啥都失败，还是算了。”他悻悻地说。

朋友走后，父亲拉他陪自己喝酒。几杯酒下肚，他像个受委屈的孩子，向父亲大倒苦水。父亲一句话不说，默默地听他诉说，不时地给他满酒。

他正喋喋不休地说着，忽然听到哗的一声，外面下起瓢泼大雨。在院中玩耍的孩子霎时成了落汤鸡，四散躲避。可是，一个十一二岁的孩子却不慌不忙，笑着抬手接雨水看，仿佛在观赏艺术品。“我很欣赏这个孩子！”父亲由衷地说，“已经成了落汤鸡，再淋些雨又如何？”他也被这特立独行的孩子吸引了，父亲的话令他心里一动。

“你怕做网店失败？你经受不起失败吗？失败了大不了重头再来，像那个孩子，脱去湿衣服换身干的不就完了？”父亲说。“是啊，可是……”他一时语塞。“你是失败了，但这些年也积累了不少实践经验啊。失败有时像绊脚石，可你要是把他变成垫脚石，失败还可怕吗？”“把绊脚石变成垫脚石”，他品味着父亲的话，一下子豁然开朗了。

父亲的话犹如一道阳光，扫去他心田的阴翳，更如一剂兴奋剂，给他无穷力量。他立刻行动起来：拿出仅有的4000元钱，买了一台电脑、一部数码相机，租了一间狭小的办公场地，然后便在淘宝注册，开始了新的创业之旅。

“头三脚难踢”，老话说得一点不假，他的淘宝户外用品店开业了，可前三个月基本没什么销量。望着堆积的货物，他很沮丧。但想起父亲的话，他释然了，自己不怕失败还有什么可怕的？

熬过黑暗是拂晓。终于，他接到了一单，那是个只有2元利润的单，却让他看到了希望的曙光，他在这方阵地上坚守下来。半年后，他店里的销量打开了，并呈现出可喜的平稳上升态势。慢慢地，他的生意越做越大，引起了村里人的注意，大家纷纷找到他，要跟他学着开网店。他来者不拒，热情教授，甚至独自承担压货风险，让他们无偿拿货。就这样，他的家乡北山村在他的带动下，网店如雨后春笋般冒了出来。而且，95%都开的是户外用品店。可是，麻烦很快来了：有些人为了提高销量，竟销售劣质品。这会毁了北山村的声誉啊！

经过苦思冥想，他决定创立自己的品牌。于是，在2008年，他拿出积攒的十多万元，找到合适的厂家，创立了“北山狼”户外运动品牌。在日常经营中，他始终贯彻的理念是：严格把好进货渠道关，守住产品质量这一生命线，踏实做好每一笔生意。鉴于此，他的回头客越来越多，口碑相传，消费群体日趋稳固。加之北山村90%的电商纷纷销售“北山狼”，他的订单如雪片般飞来。另外，他不做投机生意，汶川地震期间，全国各地的帐篷都涨价了，唯他坚持原价销售。虽然他因此少赚了不少钱，但他产品的销量大增，这为提高他品牌的知名度起到至关重要的作用。他的生意蒸蒸日上，到2011年，北山村30多家网店年交易额高达4000万元，无疑，是他带领村民致富，也让北山村成为丽水市首家农村电子商务示范村。他因此成为淘宝村的代言人，三上央视。如今，他的公司共有分销商300余家，实现交易销售总额上亿元。

辉煌的成绩使他引起了媒体的关注。一次，有记者问：“听说你多次创业，屡次失败，开网店前曾一蹶不振，你不怕再次失败吗？”“是父亲的鼓励让我认识到倘若把失败的绊脚石堆积成问鼎成功阶梯的垫脚石，失败便不可怕了。一个不怕失败的人，定会收获成功。”他回答。

他，就是著名户外用品“北山狼”有限公司总经理吕振鸿。

如果有人向你扔来一块石头，千万不要再扔回去，留给自己当作垫脚石。那些层出不穷的困难就是别人扔来的石头，它们蛮不讲理地找你的麻烦，可正因为这样，才让你越来越强。

百年灯泡

杨宝妹

只要专注于某一项事业，就一定会做出使自己感到吃惊的成绩来。

——马克·吐温

1901年，一只看似普通的灯泡在美国加利福尼亚州利弗莫尔市第六消防站正式投入使用。没人能够料到这只其貌不扬的灯泡竟能在109年后，继续散播着温热的光明。在此之前整整一个世纪中，它很少被关掉过，其中最长的一次间歇，也不过是一个礼拜。

这只“百年灯泡”不仅创下了惊人的吉尼斯世界纪录，还在互联网上拥有着成千上万名崇拜者。他们自发组织了一个有关于“百年灯泡”的粉丝俱乐部。这只灯泡的粉丝来自全世界各地，甚至有不少居住在北极圈。

前不久，守候这只灯泡的管理员斯蒂夫·布恩说，一名来自北极圈的粉丝给他发来了信息。内容是一句简短的话：“这只百年灯泡是整个世界的灯塔。”

终于有越来越多的人发出这样的疑问：究竟是谁发明了这只经久不灭的奇特之灯？为何他不能像同是以发明灯泡成名的爱迪生那样誉满全球？

19世纪，发明家阿多尔菲·柴莱特设计了这只灯泡。他把有关这只灯泡的构造和相关材料交给了美国谢尔比电气公司，委托其生产制造。当时所采用的是炭制灯丝，亮度相当于4瓦。

这个一生黯淡的发明家曾和托马斯·爱迪生及几位在当时颇有名望的发明家进行过灯泡发明比赛，目的是看谁能制造出世界上最好的电灯泡。

这场比赛吸引了众多观望者。他们一致认为，爱迪生的灯泡是世界上最好的。结果却令人大吃一惊。因为事实证明随着电压不断升高，除了阿多尔菲·柴莱特的灯泡越来越亮之外，其他几位发明家包括爱迪生的灯泡都瞬间炸开了。

可即便如此，人们还是坚信，爱迪生的灯泡才是世界上最好的。他们相信这次比赛不过是一个小小的意外，阿多尔菲·柴莱特因运气超好赢得了比赛，而爱迪生胸襟广阔，故意输给了他。

人们很快忘却了关于这场比赛的结果，以及获胜者的姓名。

100年后，一只在消防站里彻夜不息的灯泡轰动了世界。它以持续不断的光亮，照耀了弗莫尔市整整100年。此刻，爱迪生的灯泡已经熄灭了半个多世纪，当日与之比赛的那些发明家的灯泡也早已被抛入了不知名的角落。唯独这只由阿多尔菲·柴莱特设计的灯泡依旧恒亮如初。

有不少人出高价欲收购这只灯泡，均遭到了消防站的拒绝。人们不得不承认，世界上最好的灯泡根本不是出自爱迪生之手，而是这位根本没有生平传记，默默无闻的发明家阿多尔菲·柴莱特。

一只光亮百年的灯泡，让我们追寻到了一个隐藏在历史深处的发明家。他以孜孜不倦、淡泊名利的态度，创造了一个世界的奇迹。现实的我们，有谁能够像他那样不畏世俗蜚语，默默地在暗处发亮，默默地坚持100年而毫无怨言？

所谓伟人，就是把所有心血倾注在一件事上，一只灯泡之所以亮那么久，是在闪耀伟人的光辉啊！

旁逸斜出的人生也能硕果累累

段奇清

遇到难题时，我总是力求寻找巧妙的思路，出奇制胜。

——朱清时

人生是一棵树，若巍然挺拔，亦足见壮伟。但要是这棵树虬枝旁逸斜出，却也更见风姿。

她买下一片果林后，让工人们把主干锯掉，只留下那些小枝条。她的做法招致一片非议：有这样种果树的吗？然而，这些栽种了10年的老树却破天荒地开花挂了果。淡黄或白色的花儿一串串一串串，碧绿的果实一嘟噜一嘟噜，在翡翠般柔弱枝条的映衬下，于微风吹拂中如舞动的绚丽云锦……

这种果树叫澳洲坚果，又名昆士兰栗、澳洲胡桃、夏威夷果、昆士兰果。毕业于华南热带作物学院的她因工作关系，认识了在国际上数一数二的澳洲坚果权威专家约翰·威尔基。约翰告诉她，澳洲坚果与别的果树的最大不同之处，就在于它的果子只能结在细小的枝条上。也就是说，这种果树不需要主干，只要一些旁逸斜出的枝条即可。她叫陈榆秀，而正是“旁逸斜出”成就了她绮丽丰润的人生。

在陈榆秀砸下70万元，买下这2000多棵坚果树时，人们皆说她“脑子进水”了。因为这片澳洲坚果树是云南省政府从澳大利亚引进并推广种植的。当时种植人“大手笔”地一气种植了3万亩，可没料到，10年过去了，不说结上果，就是一个花骨朵儿也不曾见到。

人们认为此果树不适宜在中国种植，失望的人们于是砍的砍烧的烧，到2002年就只剩下2000多棵了。就在这时，陈榆秀毅然辞掉云南省粮油食品进出口公司国际贸易的工作，丢掉“金饭碗”，执意要以种植澳洲坚果带领山民脱贫致富。

在接手这片果林前后，她虚心向约翰学习其栽培技术。澳洲坚果属于常绿乔木，高度可达到 18 米。和只在旁逸斜出的枝条上结果一样，它的根也很特别，只能生长在 30 多厘米深的浅表层。当她把那些生长了 10 年的老树全部挖出来，浅浅地栽上时，人们又连连摇头直说“看不懂”。

似乎被人料到了，2005 年一场风暴，她的一片果林因“头重脚轻”全部扑倒在地。她带领工人们经过三天三夜奋战，将这些树扶起来。奇迹出现了，20 多天后，所有果树依然葱郁葳蕤。原来，这是她新培植栽种的一片果林，在育种时，她将这些由枝条扦插成活的果苗嫁接到了从坚果种子发出的芽儿上，这一“技术”让她的这片果林避过这一灾难。

她移植浅栽的那 2000 多棵树毕竟已生长了三年，那场风不能对其构成威胁。第二年，这些树就开花结果了，迎来了澳洲坚果在中国大地上的第一次丰收。

在获得经验后，她便开始带领山民脱贫致富。选择地点必须“旁逸斜出”，即一定是那些最偏僻、最险峻的大山深处。经过考察，她选择了贫穷落后的镇康县南伞镇，种植了澳洲坚果 6700 余亩。“旁逸斜出”之地也往往会有“旁逸斜出”之事。

按种植技术，一亩地里只能栽种十多棵果树，可村民们一看就急了。如田坝村的苗族村民认为她这是在忽悠人：他们担心，如此稀植，不说能让村民们快速致富，就是土地的租金她也会付不起。有人毁掉她的树苗，意欲赶她快走。倒是村支书王习林懂得澳洲坚果的价值，相信她的技术，不仅支持她，还果断投入资金进行种植。

见被人尊重的“苗王”王习林如此，村民们也纷纷要学他的样：栽种澳洲坚果。这可正是她想要的，她立即承诺：由她提供果树苗、技术，以及启动资金，所有的果子由她以略高于当地的市场价格收购。村民们种的坚果苗在 2012 年已大多开花结果，“苗王”种植的 600 多亩挂果后，有人愿意出价 1200

万元予以收购，他不仅不卖，而且又扩大了800亩。

在世界上众多的干果之中，澳洲坚果的经济价值最高，素来享有“干果之王”的誉称。高油量，高蛋白质，还含有包括人体必需的17种氨基酸、矿物质和维生素。它除制作干果外，还可制作糕点、巧克力、食用油、化妆品等。而且抗病虫害能力强，四季都能开花结果，丰产期长达70多年，一棵树可以养活三四代人，被称为“懒人银行”。

2013年，陈榆秀的收入超过1亿元。她创办的集种植与加工于一体的云南云澳达坚果开发有限公司，已在德宏傣族自治州发展带动村民种植坚果20万亩。

虽然澳洲坚果对气候和生态有着非常严格的要求，经查，仅云南适宜种植的土地就有1000万亩，在不太长的时间内，澳洲坚果种植在云南就能打造出一个百亿产业，在国际市场中将起着举足轻重的作用。

“穷荒绝壤开奇绩，气昂藏，真个英雄。”只要有抱负，“旁逸斜出”也会是人生最美的一道风景。在人们意想不到之处发现商机，也就能挂出人生中的“坚果”，成为令人仰望的时代英雄。

这个世界从来就不缺商机，只是缺少发现商机的眼睛。独辟蹊径，成功的路上并不拥挤。

逆境中崛起的天才

雷碧玉

人要学会走路，也要学会摔跤，而且只有经过摔跤，他才能学会走路。

——马克思

曾经，因为潦倒，他将自己的诗仅卖了 10 块钱，被人嘲笑为“弱智”，而这首诗花了他整整 10 年的时间；曾经，“穷鬼”一词变成了他的代名词，生活的一连串打击一度让他几近崩溃，走投无路。

他出生在美国的波士顿，是个苦命的孩子，3 岁时就失去了双亲，成了可怜的孤儿。后来，当地一位做烟草生意的商人收养了他，并送他上学读书。经商的养父始终不理解他的兴趣，更不喜欢他，经常骂他是个“白痴”。长大后，他的浪漫不羁与养父的循规蹈矩形成了鲜明的反差，两人不可避免地发生激烈的冲突，最终他被赶出家门。

后来，他进了美国西点军校就读，酷爱写诗的他竟然无视校规，不参加操练，被军校开除。从此，他用写诗来打发自己的时光。

在他 26 岁时，他遇见了生命中最重要的女人——表妹唯琴妮亚，并不顾世俗的眼光与阻挠，两人相爱并很快结婚。这是一段令他刻骨铭心的时光，也是他一生中最难以忘怀的美好记忆。

婚后，因为贫困潦倒，他们甚至连每月 3 美元的房租都无法支付，经常饿着肚子。体弱的妻子不堪重负病倒了，他只能眼睁睁地看着，无能为力。很多人嘲笑他，讥讽他，说他是个十足的“穷鬼”，连自己的妻子都养活不了，而她的妻子面对人们的讥笑，始终对他不离不弃。他们用真爱诠释了世间最牢固的爱情。

在这样艰难的环境中，酷爱写诗的他始终没有放弃手中的笔，每天都在疯狂地写诗，将自己对妻子的爱深深融入文字中。他渴望有朝一日能改变现状，让妻子过上好的生活。就是这种强烈的愿望支撑着他，让他忘记痛苦，忘记了世间所有的不快，一心只想着要“成功”，要“奋斗”。

然而，尽管他从未放弃努力，深爱他的妻子还是带着眷恋与不舍离开了他。几近崩溃的他忍着悲伤的泪水，将对妻子所有的爱恋付诸笔端，写出了闻名于世、感人肺腑的经典诗作《爱的称颂》，最终获得了巨大成功。

“每次月儿含笑，就使我重温美丽的‘安娜白拉李’的旧梦；每次星儿升空，就像是我那美丽的‘安娜白拉李’的眼睛，因此啊！整个日夜我要躺在我爱，我爱，我生命，我新娘的身旁，凭吊那海边她的坟墓……”如此深情的文字，让人读后唏嘘动容，我想他的爱妻泉下有知，也该欣慰了。

他就是美国著名的作家和诗人爱伦坡，被称为世界文坛上最著名、最浪漫的文学天才之一。

他的经历告诉我们逆境中不要沉沦，唯有奋起，方能成就辉煌人生。

穿过岁月的风尘，无数先贤面对苦难时所展现的自信和坚强，全都化作岁月长河中晶莹的一滴，在历史的天空中熠熠生辉。

神木底下难乘凉

贾子安

不管我们的成绩有多么大，我们仍然应该清醒地估计敌人的力量，提高警惕，绝不容许在自己的队伍中有骄傲自大、安然自得和疏忽大意的情绪。

——斯大林

研究生毕业后，我到一家公司任职，具体工作是为大企业做广告策划。由于我学历高，头脑灵活，沟通表达能力强，办事效率高，所以被老板任命为策划部副主任。

对于一个初入职场的人来说，能受到老板如此青睐，自然心里非常高兴，我发誓一定要殚精竭虑，报答老板的知遇之恩。于是我全身心地投入到工作中，每天第一个到公司，最后一个离开。为了修改方案，我常常加班到深夜。有时候突然想到一个好的想法，我便会迫不及待地与同事商讨，不管是吃饭或休息时间。

刚开始，我能感觉到属下的兄弟们同我一样热血沸腾。大家都希望把这些策划活动做到尽善尽美，这样不仅提高了公司的声誉，也会给自己增加收入。确实，对于这些漂泊异乡的打工者来说，再也没有比挣钱更重要的了。因此，他们都积极配合着我，不断地开展各种调查和研究，提各种建议和意见。

但不久之后，我就发觉情形变了，大家的热情似乎不那么高涨了，我提出什么想法，大家也不再热烈地讨论，当我休息时给他们电话沟通工作的时候，我能感觉到他们语气中隐藏着的不耐烦。

我很苦恼。但我还是咬着牙坚持着，最后终于完成了企业策划。没有想到这次策划非常成功，吸引了各大媒体的记者纷纷前来报道，那家企业也非常满意，公司在业界也声名鹊起，来签订广告业务的大企业接踵而至。我们策划部集体受到老板的奖励，大家的奖金也翻了几倍。

原以为手下的兄弟们会欣喜若狂，会由衷地感激我。但没有想到他们对我的态度依旧冷淡，只要是我分配的任务，他们的积极性都不高，虽然没有消极怠工，但再也没有从前的热情和那种心心相印的感觉了。

我沮丧极了，愤然向老板辞职。面对职场第一次失败的经历，我百思不得其解，何以他们都因我而受益，为什么非但不感激我，还竟然会排斥我呢？

回到家里，我向父亲倾诉自己的烦恼，原以为会得到父亲的安慰，没有想到父亲只是微微笑着，不发一言，拉着我的手向村口走去。

村口，那棵参天之木，直插云霄，枝繁叶茂，旁逸斜出，郁郁葱葱，没有人能说出它的年龄，由于它实在太高大了，是普通白杨树的两倍以上，被村里人称为“神木”。但说也奇怪，鸟雀从来不在其上筑巢，而是将窝筑在普通的杨树上，东一个，西一个，远远望去，像村庄妩媚的眼。

走到神木下，父亲对我说：“孩子，天气这样热，让我们在神木下乘凉吧。”

“爸，神木这样高，它的枝叶虽然繁茂，但根本挡不住阳光，人是无法在它下面乘凉的。”我迷惑不解地望着父亲，心想，父亲是不是有些老糊涂了，不然怎么会忘记乡亲们是从来不在神木下乘凉的？

父亲爽朗地笑了。“孩子，你是知道的，神木底下难乘凉。你非常优秀，这不假。在同事中间，你无异于一棵神木，你对待工作的热情和处理问题的能力令周围的人跟不上，你也很少采纳别人的建议和意见，于是少有人愿意与你合作，即使你取得成功，也少有人愿意与你分享。与其做一棵神木，不如让自己成为一片森林。孩子啊，你要学着广交朋友，有朋友的扶持和帮助，你才能更好地实现自己的人生价值。”

父亲的话不啻于醍醐灌顶，我豁然开朗，笼罩在心头的迷雾也消散一空。

是啊,神木底下难乘凉。仔细想想,我们身边也常常有一些非常优秀的人,他们聪明,有能力,有激情,却不容易与之共事。因为他们太过聪明,所以不相信别人,听不进别人的忠告和提醒,这样就很容易陷入偏执的误区,导致困难来临时,没有可以分享想法与分担压力的朋友,从而导致彻底的失败。

从此,我谨记"神木底下难乘凉"的教训,放低姿态,真诚地关心关注身边的每一个人,虽然职场竞争非常激烈,大家仍然与我交朋友,互相扶持与帮助,我的人生之路也越走越宽广。

朋友,别让你的生命里只有自己这棵高耸的神木,神木巨大,但却孤单,认识更多的好朋友,聚集成一片森林,那才会成就你生命中更壮观的风景。

优秀本不是件坏事,关键在于优秀的时候,是不是记得回头看看,别人能否跟上自己的脚步。不然,就只能一个人越走越远,最终就会被孤立。一个人走远是远远不够的,一群人一起走远,才是成功。

“牛粪”照亮人生

纳兰泽芸

能忍人之所不能忍，乃能为人之所不能为。

——胡林翼

他出生于皖北一个贫穷的小村庄，6 岁之前没有穿过袜子，因为没有钱请裁缝，上中学之前没有穿过缝纫机做的衣服，衣服都靠辛劳的母亲将粗布一针一线地缝制起来。他卑微如村庄随处可见的牛粪一样，活得无声无息。但是小小的他坚信出身不可以改变，但人生可以改变。

在学业上他可谓一路狂奔，17 岁，跨入中国科技大学的大门。而后又考取美国纽约大学攻读博士学位，在异国他乡他才知道本来自己还认为马马虎虎的英语，到了美国却等同于“哑巴”。

当那个带着白种人优越感的刻薄化学系主任，当着五百多名大学生的面骂他“Bullshit”时，他因为听不懂这个单词而问“What”，后来终于明白那个单词的意思是“牛粪”，他血冲脑门手指捏得咔咔响，但最终理智战胜了冲动，那个主任手里控制着奖学金及留学资格。他想，韩信胯下之辱都忍了，大丈夫能屈能伸，有朝一日我一定要让他为中国人瞠目结舌！

为了迅速提高英语口语水平，他寻找各种机会训练，还跑到美国百老汇当义工，找机会与本土的演员沟通，并积极争取参加即兴表演。这种即兴表演需要思维、语言与沟通同步，才能达到感染观众的效果，本土演员演起来都感觉吃力，何况他？但他以非凡的勇气去挑战和超越自己。

两年磨一剑，他“磨”成了一口令人赞叹的英语，同时以优异成绩被美国最著名的四所商学院同时录取，最后他选择了凯洛格商学院。当他找到那个自以为是的主任要求从纽约大学退学时，这个刻薄的人都不相信自己的耳朵，因为在纽约大学历史上，没有一个中国人敢主动退学，在纽约大学求学，是多少中国人梦寐以求的事情。

然而，就读凯洛格商学院的8万美金学费，如一道巨大的山梁横在他的面前。看看他为筹措这8万美金所做的种种努力吧，也许今天看来其中有些举动令人匪夷所思，甚至有些可笑，但是，罗斯福也说过，失败固然痛苦，但更糟糕的是从未去尝试。

第一个尝试，他去买彩票。当然，最后买彩票的钱统统捐给了美国的公益事业。

第二个尝试，去美国《世界日报》登广告，内容是：我被美国顶级商学院录取，如果你们愿意贷给我8万美金，我可以以15%的利息返还你们。

第三个尝试，给美国的一些著名影视明星写信求助，为了证实求助的真实性，随信附上四所著名商学院的录取通知书。

第四个尝试，给在美国取得成功的华裔商界人士写信求助，随信附上录取通知书。

然而，一切努力都如石投水面，甚至不如，至少石投水面能荡起几圈涟漪，但他的努力，一丝波纹也没有。此时，他的口袋里只剩下450元钱。绝望，如同一口幽深的暗井，欲将他吸入深渊。但他没有彻底绝望，虽然他知道美国人没有借钱给别人的习惯，但是，他不放弃最后一点点希望的火光。

终于，他的一位美国朋友被他的执着与锲而不舍所打动，愿意出面担保帮他向银行贷款8万美金，朋友深信，这样执着的一个人是不会背信弃义的。

他以优异的成绩从凯洛格商学院毕业之后，被美国财富50强之一的施贵宝公司聘为市场总监，享受百万美金年薪，他第一年就为公司创造了2.5亿美元销售额。这些成就，足够令人引以为傲了。然而几年后，他放弃绿卡和丰厚年薪，回国开展自己的事业——为中国人开创一条独特的英语学习之路，为中国人开创一条独特的营销之路。

他就是被称为“营销魔术师”的刘克亚，国际知名英语教育专家，表演英语创始人。

一块生于长于皖北偏僻小村庄的“牛粪”，终于燃起了温暖人生的火光。

被人蔑称为“牛粪”不要紧，只要牛粪自己不自暴自弃，勇敢地将自己在寒风剑霜之下发酵、风干，将自己生命的每一个孔隙都蓄满岁月的力量，那么，当风送来机遇的火种时，卑微的牛粪也能燃烧出熊熊之火。

世界上大部分伟大的人都是从小人物一步步成长起来的，只有最深的蛰伏和磨炼，才配拥有最高的荣誉。

奋力跃起，完美落地

钱灵芸

业精于勤而荒于嬉，行成于思而毁于随。

——韩愈

说起“彭于晏”这三个字，可能许多人会茫然。然而说起“你的益达也满了”这句广告词，许多人都会会心一笑。广告片中那个阳光帅气，还有那么一点点坏笑的“大男孩”，他就是彭于晏。

彭于晏在台湾地区有着“花样美男”之称。他是《蜂蜜幸运草》里纯真的森田，他是《少年杨家将》中俊朗的杨七郎，他是《我在垦丁天气晴》里笑容温暖的汉文……

上帝似乎过于宠爱于他，给了他一米八二的挺拔身材还不够，还给了他一副天生俊朗的面孔，他成了无数女粉丝心中的“初恋男孩”，他出众的“美色”似乎掩盖了演艺实力，更被人冠以“阳光可爱”“俊美偶像”等称谓。

然而，似乎命运并未因为他的阳光或是俊朗而对他网开一面，他的人生仍然在拍完一部名叫《六号出口》的电影之后跌入了谷底。2007 年，由彭于晏主演，台湾导演林育贤导演的《六号出口》，在前有《蜘蛛人 3》，后有《加勒比海盗 2》的市场局势下仓促上映，结果遭遇惨败，导演林育贤 33 岁便负债千万台币。

而作为主演的彭于晏也成了“票房毒药”，事业大幅下滑。2009 年，他又因经纪合约纠纷令原本不佳的演艺事业再受重创，那段时间他情绪非常低落，甚至一度想退出演艺圈。

人生不会总是风雨凄迷。2010 年的一天，导演林育贤给他寄了一本名叫

《翻滚吧！阿信》的剧本，彭于晏看完剧本之后在家里失声痛哭。剧本中主角阿信的原型是林育贤导演的哥哥林育信，是台湾拳击界一名著名的教练。阿信从小患有轻微的小儿麻痹症，走起路来一瘸一拐，在偶然的机遇下迷上了体操，然而在当时需要养家糊口的家庭情境下练体操是不合时宜的，在母亲的强烈反对下阿信黯然远离了梦想。苦闷的阿信在迷茫时期不幸误入人生歧途，在充满血腥的帮派打斗中迷失了自我，后来他幡然悔悟，决心重新追寻梦想，他抓住人生最后一次翻身机会，一瘸一拐地朝跳马台飞奔而去，在人生的天际留下矫健的剪影。

阿信在人生低谷时的彷徨和无助，与此时的彭于晏是多么相似啊，可是阿信最后凭着自己的努力和毅力终于走出了凄风苦雨，迎来了人生的艳阳天。彭于晏决定一定要参演这部电影，而且一定要演主角阿信！

他没料到当头而来的是一大瓢冰冷的凉水，导演认为他不符合角色形象，彭于晏的身高是一米八二，而体操运动员一般要求身材比较矮小，矮小体型行动比较灵活，有利于完成体操的高难度动作，女体操运动员身高一般在一米五左右，男体操运动员身高一般一米六左右，前奥运冠军邢傲伟身高一米七，已经是体操界的“巨人”了。

身高是一个障碍，更大的障碍是这个角色要求有很高的体操水平，而彭于晏从小到大从未接触过体操。导演林育贤带彭于晏去见阿信的原型林育信时，林育信第一眼见到细皮嫩肉的彭于晏就摇头予以否决，可彭于晏仗着自己打过几年篮球的运动经历，跃上单杠就想“显显身手”，没想到转眼就磨到破皮流血。林育信用一种怀疑的口气说：“体操不像跑步什么的，不是谁说练就练的，你要是不行就赶紧回台北拍你的偶像剧。”

彭于晏倔劲儿上来了，他说给我一个月时间，如果还觉得我不行再换人也不迟。

他从未接触过体操，只能从最基本的动作开始，每天练习十多个小时，枯燥而艰苦，为了保持体型，他只吃不加任何调料的水煮菜。没有一点体操基础的他，练习时受伤是家常便饭。有一次彭于晏在练习后空翻动作时，一点误差导致重摔在地，头和肩先落地，躺在地上长达十多分钟爬不起来，那一次把导演和教练都吓得不轻。每天晚上，他躺在床上浑身痛得不能入睡，手上的皮破了又长，长了又破，一碰就痛，只能用指尖洗脸。

这些苦，彭于晏都咬牙忍住了，他知道，他所受的这些，不仅是为了影片，为了阿信，更是为了自己。

三个月“地狱式”的特训终于结束了，他的各种体操动作都做得像模像样，导演开玩笑说：“幸好你没有入行体操，不然可能奖杯都被你拿走了。”

然而，挑战远不止体操这一项。这部影片描述的部分情节是主人公阿信曾在青春的迷茫年代里误入歧途，因此影片中有不少帮派街头打斗的场景。影片正式开拍后，彭于晏在打斗过程中惨遭酒瓶爆头十多次，虽然那些酒瓶是用保护材质特制的，但砸在头上仍旧非常疼，而且彭于晏为了影片效果一定要求重重地砸。

就这样，彭于晏在影片中用自己的坚韧与耐力认真地诠释着何谓青春的奋斗、爱情、友谊以及梦想，他从一个俊朗的“偶像男孩”逐渐蜕变成为一名“实力演员”。他像一块璞玉，在艰苦的打磨过程中，愈见温润之光。“我会用尽所有力，奋力地跃起在天际。迎着光明，我会更用力呼吸，飞到另一个灿烂天空，完美落地。我相信，有努力，会开启久违的光明……”

这是《翻滚吧！阿信》的主题曲《完美落地》的部分歌词，这歌词不禁让人想起美国历史上第一位黑人女国务卿赖斯曾经说过的话——“如果我付出双倍的努力，或许能赶上白人的一半；如果我付出四倍的努力，就得以跟白人并驾齐驱；如果我付出八倍的努力，我就一定能赶在白人的前头！”

赖斯做到了，她果真赶在了白人的前头。

作为“80后”的彭于晏也懂得这个道理，所以在他获得第48届金马奖影帝提名，但最终不敌刘德华时，他仍然满怀喜悦地说：“去年拍了这部戏，给了我很多感动和历练，在碰到很多困难和挫折的时候，我会告诉自己，如果有梦想就要努力去追，当我用尽全力去努力之后，我就不会后悔。”

奋力跃起，完美落地。彭于晏，他做到了。

你要去相信，去孤单，去爱，去恨，去浪费，去闯，去梦，去后悔。你要相信，没有到不了的明天。

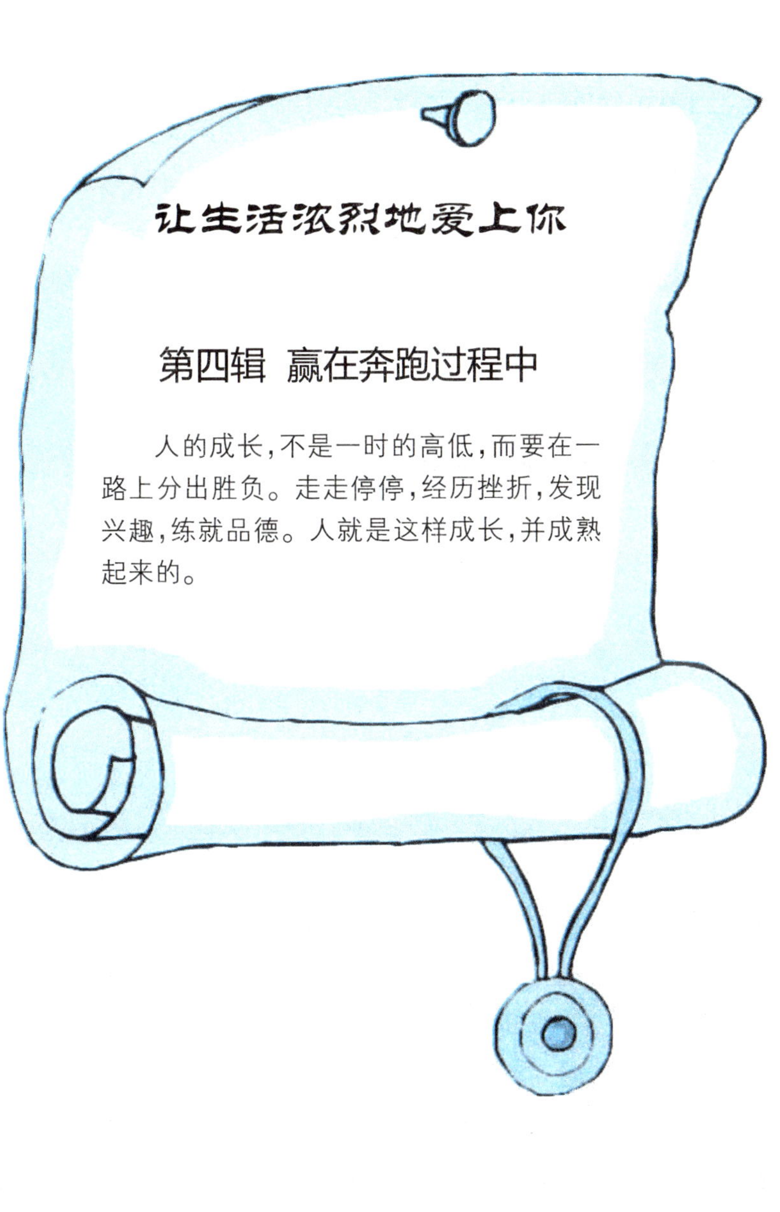

第四辑 赢在奔跑过程中

人的成长，不是一时的高低，而要在一路上分出胜负。走走停停，经历挫折，发现兴趣，练就品德。人就是这样成长，并成熟起来的。

林书豪——这样告别“路人甲”

崔修建

在你才华还无法跟上野心时，就静下心来努力。

——卢思浩

他生于1988年，祖籍浙江省嘉兴市平湖。五岁那年，父母为了锻炼他的体质，开始让他学习打篮球，但父母从未期望过他有朝一日能成为篮坛明星。在父母看来，打篮球只是他的业余爱好，好好读书才是第一位的。

高中毕业后，他进入了哈佛大学，主修经济学，副修社会学。学习成绩优异的他，在大学里依然是篮球场上的“风云人物”，他还带领哈佛大学篮球队取得常春藤联盟分组冠军。

然而，他的NBA之旅的初期却不断地遭遇挫折：先是参加NBA选秀失败，好不容易被金州勇士队签约，成为NBA球员，他却没得到球队的重视，整个赛季，他只是一个上场时间极少的替补，更多的时候，他是饮水机的看守，负责为队友服务。2011年12月，他先是被勇士队裁掉，接着被火箭队放弃。在他一再失望时，纽约尼克斯队选中了他，但连一份最低的保障性合同也不肯与他签，还将他一度下放到发展联盟。被召回后，他仍是排位近乎最后的板凳队员，出场的机会和时间均少得可怜，随时面临着被解雇。

正当他苦恼着几乎无球可打，他所在的球队又连遭败绩，恐怕将无缘季后赛，两大主力安东尼和斯塔德迈尔，又同时因伤、因事缺阵，教练位置也岌岌可危之时，他这个在NBA联盟一直“不入流”的小人物临危受命，作为球队绝对主力，被连续安排首发出场。而他也牢牢抓住了难得的展示自我的机会，在赛场上进行了一系列堪称精彩绝伦的表演，屡屡刷新各种数据。他带领球队从2012年2月6日开始，连克强队，豪取七连胜的骄人战绩，他也一跃成为NBA赛场上最耀眼的明星，只要有他的比赛，主场和客场均爆满，经常出现主队、客队的球迷一同狂热地呼喊他“MVP”的景象，他的光芒甚至盖过了NBA最大牌的明星科比、詹姆斯等人。很快，他就成了不只是美国人钟爱的“平民英雄”，全球众多的媒体都开始关注他，人们亲昵地称他为“国际林”，美国总统奥巴马也多次称赞他那“伟大的故事”，他从借住队友的沙发的默默无闻的“路人甲”，迅速爆红为家喻户晓的巨星，登上了《时代周刊》亚洲版的封面，他的传奇故事，甚至超出了好莱坞编剧们的想象。

他就是当下无数人热烈谈论的NBA赛场上冉冉升起的新星——华裔球员林书豪。

毫无疑问，林书豪已当之无愧地成为众人追捧的英雄人物，成为一个非常典型、非常有震撼力的励志榜样。面对林书豪从灰姑娘到公主的瞬间戏剧性转变，人们感慨纷纷：“没有什么是注定的”“一切皆有可能”“奇迹是可以创造的”“真金是不会被埋没的”“机遇需要等待”“给了机会，就要抓住”……许多人都从他特殊的经历中受到了心灵的震撼和启发，都不禁在慨叹他的传奇故事的同时，开始反思自己的人生之旅。

那么，究竟是什么原因让一度不为人注意的“路人甲”林书豪，在短短的10多天里，竟变得那样炙手可热？有人说，是他具有很好的篮球智商，他是用脑子打球；有人说，他能顶住挫折，能坐住冷板凳；有人说，是他早已练就了超人的实力；有人说，是他找到了爆发的机会；有人说，他谦逊和坚韧，为其赢得了信任和支持……这些理由似乎都依据充足，然而，深入探究一下，我们就会发现：林书豪之所以能书写震撼人心的奇迹，根本原因在于他心头拥有强烈的热爱。正是对篮球发自内心的热爱，高一时，个子还不足一米六的他，没有在意同学们的嘲笑，苦练球技，打出了自己的名气。进入哈佛大学后，学业优异的他，更是出于对篮球运动的酷爱，他一直在不断地进步。所以，他今天的成功，首先应该感谢他一直不曾放弃且越来越强烈的对篮球的热爱。正如他在接受纽约一家媒体记者采访所说的那样:“我所做的一切,都是为了真正热爱的东西,为了让自己的生活变得有趣。”

是的,满腔的热爱,具有着神奇的力量,它能够激发斗志,能够让自己全身心地投入,能更好地挖掘出自己的潜能,帮助自己战胜种种磨难。正是一路追寻自己内心热爱的事情,林书豪才能忍受住那么多的冷眼、讥笑和淡漠,才能不顾许多教练固有的“黄种人的篮球水平,只有美国高中生的水平”的偏见,用刻苦的训练和赛场上无可辩驳的表现征服了大家,证明自己足够优秀。

当大家都在惊叹林书豪的“横空出世”时,请一定别忘了:这位哈佛大学的高才生,其实,他早早地就在心底种下了一颗热爱的种子,并不断地浇灌和培育它。他内心满怀的热爱,让他不停地追逐英雄般的梦想,无论身处怎样的逆境,他都能以淡定、坚韧的心态,耐心地等待机遇,而一旦机会降临,就绝对不肯错过,一定要抓住它,珍惜它,让梦想成真,彻底告别“路人甲”的角色。

如果你有梦想,请一定呵护它,因为它是你的梦,它是你最想过的生活,是你最想成为的那个样子!

成功的名字叫坚持

雨街

要从容地着手去做一件事，但一旦开始，就要坚持到底。

——比阿斯

前些天我采访了一位农村妇女，她凭一把剪刀，成沓的红纸，剪成了致富路上的带头人，剪成了中国民间工艺大师，她的剪纸作品不仅远销东南亚，还远销到欧美。

她说，她的剪纸手艺是和奶奶学的，当她第一次用生锈的剪刀剪出一朵盛开的牡丹花时，奶奶抚摸着她的头说："俺妮剪得真好，真是剪纸的巧手！"

就是奶奶的这句话激发了她剪纸的热情，一有空闲，她就琢磨怎么剪纸，那时她才上小学四年级。课间休息时，别的小朋友踢毽子、跳绳，她则静静地坐在课桌前琢磨下一剪子从什么地方开始。初中毕业后，她没考上高中，就回家和父母一起做农活。在田间，休息时，还是琢磨她的剪纸。并四处打听哪里有剪纸艺人，骑着车子四处拜师求艺，父母看着她这样对剪纸入迷，就笑着说："这么大姑娘了，也不说学描龙绣凤做家务，总弄这个，看将来谁会娶你！"

有一年夏天，她去五十里开外的一个村子学艺，遇到下大雨回不了家，那个特别会剪纸的老太太就留她住在家里，从白天一直交流到深夜，第二天雨还没停，就又学了一天。三天后，她回到家，父母扔了她所有的剪纸，并愤怒地说："再说剪纸，就打断你的腿！"她就用绝食抗争，父母拗不过她，只好随她去了。

那时剪纸也没什么用处，就是逢年过节时贴贴窗花，用她父母的话说，就是只花钱不挣钱。

有一年，市里招商引资，为展示民间工艺，专门为民间艺人组织了展台。没想到外商对民间工艺抱有浓厚的兴趣，把不多的展台围得水泄不通。特别是她的剪纸，外商纷纷出高价竞买，几天展会下来，她挣了她全家几十年也没挣过的钱，更有外商还包销了她的产品。

我还采访过一个技术工人，说到采访那位工人还有一个小插曲。那时我外出采访骑的是一辆日本750摩托车，有一天摩托坏了，送到维修厂去修，纷纷说修不了，说有一个配件他们没有。维修工所说的配件就是发动机上的一个小螺丝。我说，就因为这么一个小螺丝，我的摩托车就要趴窝吗？你们可是给我想想办法呀。

有一个维修工人说，下面县里有个车工，只要让他看一下原件，就能车出来。

没办法，我只好拿着坏件去找那位车工，那车工也有趣，竟问我车木头的，还是钢的。我说车木头的，没想他返回车间，不长时间竟然真给我拿来和原件一模一样的木质配件。我拿着那配件，哭笑不得，我的摩托总不能装成木牛流马吧！

就在我愣神的工夫，他也不知道从什么地方又掏出一个配件，说："我们这里的钢材软，怕车出的螺丝还会坏，送你个木型的，再坏了，可让人按这个车。"

后来谈到他如何学到的这门技术，他说他热爱车工，为此，他放弃了去重点大学深造的机会，而选择了高级技术学院的车工专业。应聘到工厂后，也几次放弃进科室的机会，坚持在车间一线当一名车工。转眼到了谈婚论嫁的年龄，女方一听他只是个车工，月薪不足千元，纷纷甩手而去，就是这样，也没动摇他探求车工技艺的决心。大概又过了二三年，南方一家大企业开出年薪二十万元的天价，把他挖了过去。

法国大思想家孟德斯鸠曾说过：“所谓成功，就是不同的人坚持做好不同的事，每个人的目标不同，成功也会不同。换言之，把你想做、能做的事坚持下去，就是成功！”

我们已经走得太远，以至于我们会忘记出发的原因。有的时候我觉得生活糟糕得难以继续，却又不得不佩服人们的忍耐力，无论今天多么痛苦难熬，明天都会如约而至。所谓的信念就是，无论今天我多么彷徨迷茫，最终，我都要过上我想要的生活。

伟大的安妮：打造漫画界的“ONE 一个”

头发乱了

青春的幻想既狂热又可爱。

——约肖特豪斯

她是用漫画画自己恋爱故事的小女生，她是实现了1%梦想的励志“90后”，她还是一个备受争议的年轻创业者。她开发出了快看漫画App，能让人在一分钟内就可以看完一个超赞的故事。而所有漫画完美适配手机屏幕，不像传统漫画在手机上看需要不停翻转放大缩小，只需要手指一直往下滑就可以看完一个完整的条式漫画。其阅读效果不是韩寒团队开发的“ONE 一个”，她要做的是漫画界的“ONE 一个”。

她就是“伟大的安妮”微博主人，陈安妮。

不愿放弃的百分之一的梦想

陈安妮从小就喜欢漫画，看到兴致之处，自己也拿起画笔画上几笔。但是家境一般的她没有机会得到专业的指导。于是买漫画书、动漫杂志，看其他画手的作品成了安妮提升自身画功的主要途径。“这些书我都是从自己的零花钱里节省下来偷偷买的，有时候带回家看，妈妈问起，也只敢说是向同学借的。”渐渐地，这些动漫书籍已经在书桌上堆了厚厚的一摞。到她十岁的时候，有一次她正在课堂上画她的小故事，被班主任发现了。班主任把她的画本扔到地上说：“你画得太烂了，我听同学们说你还想成为漫画家，我告诉你，你成为漫画家的概率只有百分之一。”陈安妮含着眼泪收拾好自己的画本，她似乎相信了老师的话,百分之一的希望,太渺茫了。

2010 年,陈安妮考上了广东外语外贸大学,大二那年,她的父亲在外出做工的路上出了车祸。家里唯一的经济来源断了,陈安妮的生活一下子陷入了困境之中。这时一个偶然的机会,一个朋友找到她,要给一本图书插些漫画,每张画 30 块钱。陈安妮这些年来一直深深隐藏在心里的那个梦想一下子清晰了起来。她接下了朋友的任务,按时完成了。朋友看着那些形象生动有趣的画,说:“安妮,你真的应该画漫画,你是天才啊。”

陈安妮又动心了,她不加克制地买了许多绘本去学习,后来还一咬牙买下一个手写板,直接导致了连续两个月她都没有钱吃晚饭。

每当夜深人静的时候,她就伏在案前画她的故事。她把自己和男友王小明从相识到相爱的青春故事,通过一页页漫画表现了出来。

从2012 年开始,这部取名为《安妮和王小明》的漫画在她的微博上连载之后,短短的几天时间,这条微博竟被转发了近 40 万次,在连载期间整个话题也有 12.7 亿的阅读量和 153.1 的万讨论量。

漫画中,呆萌可爱的女主人公和腹黑冷静的男主人公之间产生奇妙的化学反应,让人回忆起校园中的暧昧情愫,还有性格鲜明的配角引发爆笑校园生活片段,漫画幽默搞笑,也十分温馨感人。

2012 年 11 月,她的第一本绘本《妮玛!这就是大学!》出版。2013 年 8 月,陈安妮在广州举办了一次签售会,第一天就有 3000 多名粉丝来到现场,这对于一个只有 20 多岁的陈安妮而言,这样的场面连她自己都很难想象。2013 年 9 月,《安妮和王小明》获得了中国动漫金龙奖最佳幽默漫画金奖。

一个“网红”也能胜任 CEO

无数读者的支持,让安妮意识到最初那个看似不可能实现的漫画梦,已经变为美好的现实。大学马上就要毕业了,陈安妮经过一番调查发现,只有北京,漫画人才相对集中,招人相对容易,行业交流机会比较多,特别是有着全国影响力的各大网络媒体，对将来产品的宣传有着得天独厚的便利条件，她决定去北京创业。家人首先反对说，你一个小姑娘，什么也没有，就想去创业，还是去北京。你就待在我们身边，画你自己喜欢的漫画，靠已经很成熟的漫画品牌赚点钱。朋友更是反对说，你只是一个作者，你是一个偏艺术很感性的人，这样的人很难成为一个创业者。别说你到北京可以发展得很好，可能你存活下来的概率都特别小。

这些反对没有阻碍她梦想的脚步。2014 年 6 月，安妮找到了很多和她一样怀揣漫画梦想的年轻人，成立了“梦当然(Dream for granted)”工作室。陈安妮说：“在心底深处，我一直梦想能让中国喜欢画漫画的人可以靠漫画为生，用户可以看到更多好看的漫画。”

随着手机和移动互联网的普及，在网上看漫画的人越来越多，但所有看漫画的软件都有着让人抓狂的缺点：速度慢，一些需要按钮、菜单、设置才能实现的功能，不能自动选择最优化配置。图片翻来翻去，要不断地手动缩小和扩大。陌生的玩家有时观看后，不知道怎么从阅读界面退出来，有时漫画出现复杂的屏幕区域划分更是让人如坠云里雾里。

陈安妮想，自己能不能设计一种看漫画的 App，傻瓜式的，让人只要用手指点击，就能在很短时间内看完一个完整的故事，速度快，操控如意。

安妮租了一间相对便宜的民房，12 个员工每 4 个人住在一个房间，上下铺。客厅改装成办公区，对拼着几张桌子用于摆放电脑。

陈安妮每天外出找投资，没有人愿意相信她。正在她快要失去信心时，她相知多年的一个朋友说，愿意带资加入她们的团队。钱的问题解决了，又一个难题出现了：找不到做 App需要的技术人才。陈安妮用了最笨的办法，上 QQ 群搜索关键字“技术”，加入后拽住某个人就狂聊，聊不够再约出来见面继续狂聊，然后又逼着他介绍另外一个人给她认识再聊，就这样慢慢打开了局面。

在这间不到 40 平方米的工作室里，陈安妮常常说些笑话，去缓解大家工作的压力：“现在大家严肃起来听我说，我有一个伟大的计划，首先，我们要创作一个史诗级别的漫画故事，以我本人为原型，创作一个关于仙女下凡的故事，大家有没有感觉到一股仙气？”这群每天工作17个小时的伙伴回答：“没有,只闻到了床单和鞋子的臭气。”

陈安妮一直记得当年来北京时朋友的话,太感性的人不适合创业。所以从工作室建立那天起,她就衍生出了另一个极端理性的自己。她变得非常严谨,不仅让员工上下班要遵循严格的时间,所有的工作都经过详细规划,每天晚上还要进行工作汇报和总结。

创新者的行业突围

距离成立工作室已经有 5 个月了,陈安妮的团队把当初的产品设想变成了现实。因为现在是个大众速食的阅读时代,陈安妮把它命名为“快看漫画”。玩家进入简洁的 App界面后,可以看到“每日推荐”栏目以照片流的形式推荐的当天最新收录的漫画或者作品合集。陈安妮甚至还想到了一个推广产品的广告用语:“快看漫画,想要快乐一分钟都不用。”

如何快速地让产品进入人们的视野呢,陈安妮和团队想到招集媒体召开产品发布会,但巨额的费用让她望而却步。

2014 年 12 月 31 日那天,陈安妮躺在床上浑身无力。奔波多天和冥思苦想让她心力交瘁。她想到了她的梦想,想到了来北京创业的艰辛,想到曾经的迷茫和现在的目标清晰,想到了她的团队和凝聚众人心血的产品,她的泪无声地流了出来。到了晚上 9 点 26 分,陈安妮把她的创业故事配上几幅漫画,取名《对不起,我只过 1%的生活》发到了自己的微博上。陈安妮的微博上有近 800 万粉丝,“哪怕梦想还有 1%的光芒,我也要捡起它,把黑夜的整个天空照亮。”这个催泪的励志微博,充满了正能量,一下子就在网上热传起来,几乎所有的大 V 都转发了,还附上“励志,不容易,支持”等点评。

这则漫画出乎了所有的人想象。当天“快看漫画”就增加了 30 万用户,以后几乎一直以每天 20 万用户的速度增长, 并且连续 3 天冲到了 APPLE-STORE 免费榜榜单第一位,这是多少 App开发者靠砸钱都达不到的结果。

可还没有等陈安妮和她的团队高兴起来,质疑的评论就铺天盖地涌现出来:“感觉就像我不支持一下她的 App,就变成了过去那么多嘲笑她欺凌她打击她鄙视她伟大理想的无数坏人一样。”“理想在她那里变成了营销的手段!”更严重的是,有人捕风捉影地说这些App抄袭别人的创意,有人质疑“快看漫画”的版权问题,还有人评论陈安妮画功差等。

天性敏感的安妮几乎要崩溃了,她想到了要退出。但是当她的眼泪几乎要流下来的那一刻,她看到她的团队,十几个人坐在那里,很失落的样子,她知道她不能允许自己的眼泪流下来。

慢慢地,安妮学会用沉默回应攻击。尽管不屑的目光没有改变,但是越来越多的人也发出支持的声音。之前拒绝过她的投资人表示反悔要投资她,网站、广告商、游戏商要谈合作,各种公司的大佬加微信求认识。

有了投资,陈安妮赶紧启动了很多以前想做而不能做的事情:员工全部涨了工资,《30万元正版计划》启动,App上所有漫画都正式签约授权,并为这些漫画家支付稿费。

目前,“快看漫画”的用户已接近100万,用户增长的速度让陈安妮有点措手不及,因为一切都还没准备好。当初是在很匆忙的情况下上线了App,现在有了这么多用户,如果内容做不好,功能不适用,留不住用户才是大灾难。所以,陈安妮现在根本没有时间顾及网上的舆论,她把心思都放在了研发产品新功能上。

2015年1月3日,央视财经频道对她进行了专访。陈安妮说:“我想通过互联网去搭建一个原创的动漫平台,在三年内能够支持超过500名漫画作者和300万玩家同时在线互动。未来的‘快看漫画’是一个更加开放式的平台,它会将自身的优质粉丝流量分享给更多的漫画作者,为漫画作者创造出一条足够优质的漫画分享平台。我知道这条路很难,但我会一如继往地付出我全部的努力,失败了也没有什么可怕的,因为我还年轻,年轻就是任性,年轻没有什么不可以。”

年轻就是任性,年轻就是最大的资本,敢想,敢做,敢闯,敢失败,敢重来。所以趁着你年轻,赶快去实现你的梦想吧!

周仰杰，一个让中国和谐理念走向世界的人

奇清

会当凌绝顶，一览众山小。

——杜甫

Jimmy Choo，似一阵阵飓风，在世界大地浩荡着。

走金球奖红地毯时，安妮·海瑟薇选的是一双金色 Jimmy Choo；泰瑞·海切尔出席格莱美颁奖礼时，一双黑色绑带 Jimmy Choo 和礼服相得益彰；华人女星杨紫琼参加奥斯卡或其他重要活动，选的也是 Jimmy Choo。当代著名歌星麦当娜在最为重要的时刻，以及美国现任总统奥巴马夫人米歇尔当时站在就职的丈夫身边时，选中的也是 Jimmy Choo。还有英国王室、摩洛哥王妃、文莱苏丹等贵族名流，世界众多走红女星对 Jimmy Choo 更是趋之若鹜，情有独钟。

不错，Jimmy Choo 就是谁都知道的以周仰杰英文名字命名的“4 英寸高跟鞋”。

周仰杰，一个解不开中国情结的人。

周仰杰的父亲是广东梅县客家人。“二战”时，他让人骗出国后，被辗转卖到了马来西亚。为了生计，他在当地好不容易学会了手工制鞋。

1961 年，周仰杰出生。周仰杰对做鞋子似乎特别有天赋，七八岁时，他就能熟悉做鞋的各种步骤以及使用做鞋的各种工具。他更爱读书，成绩非常优异。可在他读完小学后，因没钱交学费只得辍学在家。于是他一边跟着父亲学做鞋，一边向同学借来课本刻苦自学。

1979 年，看到别的孩子纷纷到国外去闯天下，18 岁的周仰杰也按捺不住

那颗青春勃动的心，他要报考名闻全球的英国艺术大学康德威那斯学院。只有小学学历的他，居然就考取了该学院在世界最有名气的专业制鞋专业。四年后，他以全校专业第一的成绩毕业了。

凭着优异成绩和多年做鞋的实践经验，他很快就在英国找到了一份做鞋的工作。然而，从小以至到读大学期间就对制鞋有着独到认识与见解的他，根本就不满足于“照葫芦画瓢”式的机械化制鞋。他认为制鞋不仅仅是一种谋生手段，而且更是人类文明的具体体现，这种体现就在于个性化的手工制作。

于是周仰杰在压抑中打了两年工，节衣缩食攒下了一笔钱后，于 1986 年初，在伦敦东部哈雷克区创立了“创意制鞋工作室”。

他有一个伟大的抱负，就是要通过制鞋来“推进、创新人类文明”。如何实现这一抱负？经过一番思索后，他从祖国文化中找到了突破口，这就是以中国传统文化的核心理念——“和谐”，来指导自己的手工制鞋。

他创意思维的聚集，首先在高跟鞋的鞋跟上。他知道人类最早的鞋是没有鞋跟的。为了不让裙边被露水、雨水、雪水打湿，不被泥土弄脏，近东的女子在 500 年前就发明了软木高跟鞋。由于高跟鞋能让女性腰胸挺凸，步姿婀娜，走起路来有一种飞翔的感觉，很快就风靡全球。

然而，高跟鞋的鞋跟却越来越高，最高时达到 95 厘米，也就是超出 30 英寸。追求时尚的女郎们一下子陷入了时弊的泥淖之中，每年欧洲与美国就有约 70 万的高跟女郎从飞翔的云端上跌落下来，受到轻重不同的伤害。

周仰杰认为，这严重有悖于发明高跟鞋的初衷，也更是一种不合人道的做法。他决心改变这一状况。他从人体工程学角度的要求出发，经反复试验求证，对高跟鞋的长短、宽窄、厚薄、高低、软硬等结构元素都得出了合理的维度和比例。

例如鞋跟的高度，他定为 4 英寸，即约为 12 厘米，鞋底与地面构成的夹角为 45 度。至于掌面的大小，则根据穿着者的身高、体重，按一定的公式运算后得到。

这样做出的高跟鞋，既能充分表现出穿着者的曲线，又舒适安全，可以让女性们在自己的希望与梦想中自由飞翔。这,也就充分体现了中国传统文化的核心“和谐理念”。

周仰杰在完成鞋跟等形式方面的研究后,他觉得采用动物皮做原料而对动物大肆捕猎杀害,是一种严重破坏生物链,破坏天人合一、地人合一,即破坏人与自然“和谐共存”的做法。于是经过几番思索后,他决定采用中国传统的制鞋原料,即用棉、麻、丝、绒等编织而成的材料来制作鞋子。

通过进一步研究各种编织成品,他又得出,手工制作这样质地的鞋子,还可以既“巧”又“拙”。这也是“和谐理念”在制鞋中的一种运用。

巧,即指灵巧、情趣;拙,指平实,稚气。由此,他根据编织材料本身的粗、细、厚、薄,有光、无光,柔和、挺括等特点,与鞋子的造型设计巧妙地结合起来。这样做出的鞋,会给人以各不相同的视觉和感觉:以绒面或纳帕制作的鞋,使之给人以温馨感;用高亮度色彩、硬挺度较强,具有规整图案材料制成的鞋,使之给人以安详感;用透明或半透明丝质材料制成的鞋,营造出诗意的幻想与浪漫……

在经过两年的艰苦创业后,1988 年,英国掀起大力发展时尚产业的浪潮,英国的一家杂志社独具慧眼,竟然利用了八个版面的巨幅报道,推介了他的用“和谐理念”打造出的梅花鞋系列。其他的一些时尚杂志亦随即跟进报道。这样,他的 4 英寸高跟鞋也就进入了一个贵人的视线,这个人就是英国王妃戴安娜。由此,结束了他连最喜欢吃的烧鹅也买不起的窘迫日子,更是使得他的人生出现了一个重大的转折。

1990 年夏日的一天,戴安娜让人通知周仰杰,约他次日在肯辛顿宫见面。周仰杰在戴安娜让他看了她的衣帽间后,根据戴安娜最近所要出席的场合及打算所着的服装,当场就构思应配的鞋子并画出草图。这让眼前一亮的戴安娜当即就定做了 6 双鞋。

周仰杰为戴安娜做的第一双鞋子是双 4 英寸的“丝缎手制高跟凉鞋”。当戴安娜穿上它出现在一个重要场合时,人们只觉得她竟是那样的光彩照人,但一下子又说不出它哪点特别好。

其实,她那双鞋就像杂技表演中的“底座”,自己虽没表演,但一切精彩纷呈的表演都是以它为基础、为依托、为根据的。这就是“和谐理念”的精髓所在。

当时戴妃的感觉就是舒适、熨帖。特别是在她飞快旋转起舞时,竟然安稳得如坐沙发,轻盈得像腾云驾雾,尽可以发挥舞艺而无须顾及安全。

很快,认同戴妃品位的人都慕名而找到了周仰杰的工作室。财富由此滚滚而来。他还与他的一名大学同学英国富翁汤米·耶尔戴的女儿玛拉·梅隆,创立了“JIMMY CHOO 4 英寸高跟鞋公司”,他们所生产的鞋子在鞋市场并不景气的情况下,竟然独领风骚,横扫欧美市场。

可没多久,他就将公司51%的股权卖给别人,又成立了天猫个人工作室,为艺术而创作,为理想而奋斗去了。

他说,世界上每个事物都是一种艺术,都能给人以灵感,给人以创新的启迪。坐在屋里,看沙发和茶几都是线条,是一种艺术,给人以流畅律动之感;走到外面,看花园里的花花草草,也能感受到艺术,也会受到启发。

这世界上,每个花瓣都不一样,每棵小草都不一样,这花配那草,这鞋该配哪些衣装?花儿开在叶上是灿烂,躲在叶下是羞涩,这鞋上的花饰该放什么位置,表达什么情趣……

万物皆我师,我师从万物,这就需要清静,需要时间,这可不是开董事会,在烟熏火燎,灯红酒绿中能得来的。

这就是他离开大公司躲进自己工作室后的一番自白。

由于周仰杰使伦敦成为世界时装中心,由于他对人类杰出的贡献,英国王室还为此给他颁发了帝国勋章。

有人说,现在每个女人都知道 Jimmy Choo,不,是人人都知道 Jimmy Choo。这也许就是中国“和谐理念”的魅力之所在吧!

不错,周仰杰通过他的鞋子让中国的“和谐理念”走向了世界,而他也正在世界上走。相信他推动人类最睿智最伟大的“和谐理念”会越走越远……

视野决定格局。心有多大,舞台就有多大。做到胆大心细,好运自然而来。

匍匐前进的鱼

云之峰

强烈的信仰会赢取坚强的人，然后又使他们更坚强。

——华特·贝基霍

在印度尼西亚北苏拉威西岛和蓝碧岛之间有一条长约15千米、宽约2千米的海峡，其名曰蓝碧海峡。蓝碧海峡为火山岩地形，海底多为火山泥成分的山地，在此生活着十分丰富的生物物种，其中一些物种为此海域所独有，比如一种生来就不会游泳的鱼蓝碧绒鲵。

蓝碧绒鲵俗称老虎鱼，是一种名副其实的“奇葩鱼”。

蓝碧绒鲵的奇葩之处首先在于，它虽然长有鱼的外部形状和结构，但体表却没有覆盖着寻常鱼类那种鲜亮的鳞片，而是长有许多密集的骨粒状小凸起，样子看起来很是怪异。

蓝碧绒鲵更为奇葩之处在于，它和鲨鱼一样，体内都没有通过改变体积大小来改变“鱼体”自身平均密度进而调节上浮或下沉深度的鱼鳔。不过，鲨鱼长有发达的肌肉，能够以灵活的身体运动并配合尾鳍像船橹那般向前推进，而且鲨鱼的肝脏内储藏有低密度油状液体鲨烯，此种油状液体也可以在一定程度上起到替代鱼鳔的浮沉作用，只是这些都是蓝碧绒鲵所不具备的。

于是，我们看到了世界上最奇葩的鱼的最奇葩之处：蓝碧绒鲵只能在海底沙层上借助鱼鳍的力量一路摇晃不定地匍匐前行，成了真正意义上不会游水更与“海阔凭鱼跃”之畅游境界无缘的鱼，严重偏离了我们对“得水之鱼”的常规认识。

需要说明的是，虽然蓝碧绒鱿并不具备自由游动的能力，但它长有一张大嘴，当有浮游生物从它眼前经过时，它会不失时机地张开嘴巴瞬间在嘴内就形成了一个低压区，那些小生物自然会顺着水流被“邀请”到它的腹中。

没有鱼鳞没关系，没有鱼鳔又何妨，不会游泳同样也不算是什么大不了的事情！蓝碧绒鱿用自己的“奇葩”表现和生存哲学启示我们：只要不抛弃生活的信念，只要不放弃前进的努力，哪怕只是一路艰难地匍匐而行，也一定能匍匐出一片属于自己的天地！

这些鱼儿都知道利用自己特长生存的道理，何况我们人类呢？

从中国后裔到菲律宾总统

马丽华

必须在奋斗中求生存，求发展。

——茅盾

1933年的春日姗姗来迟。在这个看似寻常的春日里，一个黑眼黄肤的女婴在吕宋岛打拉省诞生。谁都不曾想过，这个其貌不扬的小女孩，竟会在成年之后，因爱情而奇迹般地迸发出惊人的魅力，并掀动了长达30年的个人政治狂潮。

1953年，她与《马尼拉时报》的记者阿基诺相遇，二人初次见面便心存好感，颇有相见恨晚的怅然。随后，坠入爱河，不可自拔。那年，她正值芳龄，20岁的大好年华啊，身旁追求者数不胜数，可她却不顾一切地要与这个平凡的男子同结百年姻缘。她断定，必能与其十指紧扣，双双终老。

事与愿违。1972年，阿基诺因反对总统马科斯的独裁统治而被强行治罪，关入监狱。于是，19年“采菊东篱下，悠然见南山”的田园生活，就此无声消泯。她为了使丈夫获得自由，不得不只身涉政，四处托人。

为了避开独裁统治的迫害，丈夫一出狱，她便携带家眷，直奔美国。三年里，他们表面上过着波澜不惊的生活，内心，却是无刻不再做着矛盾的挣扎。他们远离家乡，看着自己的同胞陆续被害，还得忍气吞声，隐姓埋名。

三年后，这位心系天下的男人终于决定重返菲律宾，为民主和自由奉上自己的一生。她在背后默默无语，从始至终都心甘情愿地跟随，即便眼里时刻饱藏着忐忑的热泪。

返程的班机还未到达，机场便已经站满了前来迎接的悲苦民众。他们欢呼，哭泣，似乎看到了漫长的生命暗夜里的星光。可令人扼腕的是，这位让众人可歌可泣的英雄，还未走下班机，便被三名武装军人开枪杀害。

历史的巨轮忽然悲鸣，不得不将身后的她一下子推向政治的前台。

动荡、混乱、怨声载道的菲律宾需要一位新的总统，一位集民主、仁爱、自由、廉洁于一身的新总统。她并不知道，当她为爱情悲悯、绝望，决心要为丈夫报仇的时候，人民已经默认了她。但这一切，她似乎并没有察觉。或许，正如她后来回忆时所说的一样："我当时根本没有想过要当总统！"

她马不停蹄在全国各个集会会场公共场所奔走相告，面无惧色地站在主席台上向菲律宾人民大肆揭露马科斯的残暴罪行，本就心生怨愤的人民，在这一把满腔怒火的燃烧之下，纷纷响应，立志要推翻独裁统治的残酷镇压。

1985 年 11 月 4 日，在美国政府的强大压力下，马科斯被迫宣布离职，提前选举新总统。消息一出，顿时举国欢腾，民众呼声震天，要她参与竞选新总统。无人知道她之所以这么做，大部分原因仅仅是为了帮自己的丈夫讨回一个公道。如今，愿望达成，是时候功成身退了。于是，本无此意的她，为了推脱，随口出了难题："除非有 100 万人签名支持我，我才可能参加竞选！"

她以为她的难题一定可以让她安渡"难关"。殊不知，不到两日，那些热血沸腾誓死要支持她的民众便已经超过了 120 万人次。她不知道自己的一句玩笑话竟会引来如此之大的社会反响。她深受感动，终于决定放下一切，走到历史的台前，为她的丈夫继续那段未完成的政治路途。她对那些日夜苦待的群众说："我谨声明我参加竞选，并明确表示，如果我当选为共和国总统，我愿意为我国人民服务。"

她的竞选班子皆是由支持她的妇女和太太们组成的，这一个由女人组织起来的队伍，破天荒地获得了大大小小的 13 个党派的联合支持。

由于马科斯的卑劣行径，勾结官员，篡改选票数据，她最终落选。2 月 16 日，她在马尼拉举行的百万人集会上，郑重宣布了"七点非暴力抗议计划"，在强烈谴责马科斯罪状的同时，号召全国人民坚持不懈地从各个领域来抵抗马科斯的独裁统治。在一片惊天动地的讨伐狂澜中,马科斯终于众叛亲离,孤立无援,被迫远走美国。

1986 年 2 月 25 日,她穿着象征民主、自由、和平的黄色长服,登上了菲律宾总统的宝座。六年后,她退位让贤。但在后来发现新任总统菲德尔·拉莫斯竟然企图修宪,要将国家体制改为议会制。她挺身而出,发动了 60 万人次的浩浩荡荡的反修宪示威游行。2001 年,新一届总统上任,她再次策划了“二次人民力量革命”,总统艾斯特与马科斯的下场一样,在一片声讨中狼狈下台。

很多人记住了这个因爱而生的名字——科拉松·阿诺基,菲律宾第十一任总统,却很少有人知道这位在政坛魅力了 30 年的女子,实质来自我国福建。

她这一生,曾默默,曾辉煌,也曾惊天动地,但回顾所有让她走向历史舞台的原因,归根结底,其实是爱。这爱,让她悲天悯人,让她勇敢地直视那段对方没有走完的人生路。

奋斗的路上,没有民族,没有肤色的区别。爱让我们充满源源不断的勇气。

黄豆鼠的成功之道

小程

失败是坚韧的最后考验。

——俾斯麦

非洲沙漠里有一种鼠叫黄豆鼠，这种鼠群居，五个至七个一群，群中有头领，威望很高。每年鼠群都要更换头领，现任头领要接受群中另一只最强壮鼠的挑战，如果头领失败，那么它就要让出头领位置，如果它赢了，还要继续做头领，直到有一天它被打败。

经观察发现，每年向鼠群首领挑战的鼠，如果挑战没有成功便会非常沮丧，最终离开鼠群悲伤而死。

每年鼠群更换首领的时候，还有一个值得关注的现象，那就是首领接受另一鼠挑战后，它虽然把挑战者打败了，但它会做出一个异常的举动，驱逐几个鼠，将自己领导的鼠群一分为二。那几只被驱逐的鼠，在另一只鼠的带领下离开这里，在别的领域里安家。而带领这几只鼠离开的首领，正是刚才挑战首领的那只鼠。这就让人疑惑了，一般来说，挑战首领不成功的鼠最终都要死亡，而这只鼠为什么不但没有死亡，而且还在首领的帮助下，组建起自己的一个群呢？

有关人员对这个现象进行了认真的观察研究，最终找到了一个特殊的规律。凡是能在另一个群里当首领的鼠，都是挑战首领至少两次以上的鼠，大部分鼠首次挑战失败后，它们会伤心落寞地死亡，但有一些鼠却坚强地活着，它们失败后，没有沮丧，而是像往常一样生活在这个群落里，每年和群里其他鼠一样，在首领的号召下开始一天的生活，积蓄力量，等来年再向首领挑战。来年不成功，它就等到下一年……或许是它的坚持得到了首领的赏识，考虑到鼠群繁殖较快，已超出七个成员，首领便会驱逐几个，然后直接让挑战者把这几只鼠带走……

黄豆鼠挑战首领不成功，有的沮丧而亡，有的坚持活着，最终以另一种方式当上了首领，这就给了我们很深的启示，它告诉我们人生最大的成功不一定是你战胜了某个强者，而是你在挑战强者多次失败后还能站起来，百折不挠，坚持到底。

再战再败，再败再战。人性的光辉在于他的精神跟身体一样，屹立不倒！

赢在奔跑过程中

莲叶深深

我以为挫折、磨难是锻炼意志、增强能力的好机会。

——邹韬奋

输在了起跑线上

我抱着《窗边的小豆豆》《海底两万里》《中国童话精选》等好几本家教专家推荐的书，对10岁的儿子兴高采烈地说：“妈妈给你买了很多好看的书，你快来看看。”正在画画的元元抬头看了我一眼，不耐烦地说：“我不爱看！下次你别给我买了！”我耐着性子说：“好孩子，你翻翻好不好？这些书都是写小朋友的，又有趣又有意义，很多孩子都喜欢的。”元元不情愿地放下画笔，把这些书挨个翻了几下，然后说：“我可没觉得有意思，不爱看！”我再也忍不住，大怒道：“你必须看！这些书看不完不许再画画看漫画！”看我生气了，元元不敢再说什么，随便拿起一本书噘着嘴看起来。

可看他百般无奈的样子，我没法相信他能真正读进去，只好喟然长叹。

同样是10岁的男孩，办公室同事刘菁的儿子阳阳就是一个小书虫，人家从小就爱看书。别说书了，就是看到任何一张有字的纸都不放过，都能读得津津有味、专心投入。

每天放学后，两个孩子都会回到我们办公室，阳阳会安静地坐在妈妈的办公桌旁，专注地看一本本的书。我的元元呢，一会儿蹲在地上拼图折纸，一会儿非要用我的电脑玩游戏，更多的时候干脆跑到外面不知玩啥去了，害得我下班后得到处找孩子。

到了小学毕业之前，读书多的阳阳已经能把书中的故事讲得头头是道，古今中外天文地理无所不知，作文写得文采飞扬，让所有人都夸奖赞叹。而元元呢，就是会玩，玩得花样百出，兴致勃勃。可是，玩能玩出好成绩吗？玩能玩出好前途吗？看他各个学科都学得马马虎虎，而语文和英语成绩更差。毫无疑问，这是阅读太少的原因。

和人家相比，我的儿子已经输在了起跑线上。

培养敌不过热爱

我很郁闷。

同样是教师，我还是学校公认的“才女”，单位所有的材料大都是我执笔完成的，经常在报刊上发表散文随笔。可我的儿子居然不如人家孩子文科学得好，真是岂有此理！

我翻阅了大量家教著作，精心制定了一个培养孩子阅读的规划：比如每周带他去一次书城或者图书馆，每天晚上与他亲子共读一本书，每周完成两篇阅读日记等，我对老公说，我就不信，培养不出他热爱阅读的好习惯！老公劝我，算了算了，孩子爱干什么干什么吧，何必非要阅读不可呢。我说不行，我是教师，我懂教育你不懂。不爱阅读的孩子将来不会有文化有发展的。

然而，我努力半年，却成效甚微。虽然在我的严令下，他能读一会儿书，却总是心不在焉。我问他有什么心得感受，他经常是一片茫然。后来再让他看书，他就两眼发直，目光呆滞。老公生气了，说好好的孩子，你别把他逼傻了。不爱读就不爱读，咱以后学理科就是了。我实在没招儿了，只好退而求其次，放弃了有文化有品位的名著，给他买《金庸全集》《阿加莎侦探小说》，甚至《故事会》这类通俗读物，他才算多少看了点。

我不得不承认，再努力的培养也敌不过孩子自己的兴趣和热爱。我的孩子就是不爱读书，那就随他去吧。

快乐的初中时光

元元读了初中后，心灰意冷的我基本上已经对他放任自流，除了老师要求家长签字的试卷，其余的我一概不看。别人争先恐后地给孩子找班补课，唯恐孩子落后。我也没给他找，觉得他已经没有了培养前途，我何苦还花钱费力呢。

我不管他，元元乐得不得了，每天放学回家飞快写完作业，就开始各种玩。做模型了，画画了，做各种物理实验了，看电视里的动物世界、艺术创想了，偶尔也会翻一些科普方面的杂志和书，初二的时候，居然让我给他买达尔文的《物种起源》。每天在办公室，刘菁都问我，你家元元昨晚几点睡觉的？我说九点半啊。刘菁说，那么早？能写完作业吗？我说，他说他写完了啊，我也没见有老师找我说他没写完作业啊。刘菁叹息，你家元元作业写得真快，我的阳阳几乎每天都要写到十一二点，他累我也累。开始我还以为是认真的阳阳写得慢，或者班级不同作业有多有少，后来跟元元同班同学的家长谈起，才知道原来大部分的孩子作业也都要写到很晚。

可我的元元，简直就是轻松愉快。更让我惊奇的是，几次考试下来，他的成绩虽然不拔尖，但是也能混上上等之列。知道元元实际情况的亲友无不羡慕地对我说，你真是命好啊，摊上一个聪明儿子，不怎么学习成绩也能好。我也觉得我像是摸到大奖了，难得这孩子又省钱又省心，最好的是，人家学习还不累啊！心情好了，对孩子也就更宽容了，对他不爱阅读也就不再耿耿于怀了。

中考时，不爱阅读的元元和爱阅读的阳阳以差不多一样的分数，考上了同一所省重点高中，还幸运地分到了一个班。

赢在奔跑的过程中

读高中后，虽然科目一下子增加到了九科，可元元依旧学得轻松自如。第一次期中考试结束后，出乎所有人的意料，元元竟然考了全班第一名！当然，他的文科成绩没有理科好，但也没差太多。我有点怀疑，问他你是不是瞎蒙的啊？你这样子，怎么能考第一呢？元元也很茫然，说，我也不知道啊。不久期末考试时元元再进一步，考了全年组第一名。相比之下，阳阳的成绩却是急速下滑，差不多已经到了中等左右的位置。阳阳问妈妈，元元还没有我努力呢，他经常在周六周日和同学一起去玩，可怎么成绩就那么好呢？阳阳妈说，那还用说，人家在家偷着学呗。刘菁把这话转述给我，我忙说，哪有啊，元元真的没偷着学。

看元元的成绩单，他的理科优势明显，但文科也不弱。我万分惊讶，一个从来不爱读书的孩子，怎么可以能将文科也学得好呢？我百思不得其解。第一次，我放下身段，虚心问元元，那些文科，你怎么学的？我也没看你认真背过啊。元元笑，妈妈，你太落伍了。现在很多文科的内容都需要动脑筋去想，就算是需要背的内容，我也是理解地背，很轻松就记下来了。我翻看他的地理、历史，果然，里面有很需要动脑筋、进行综合分析的内容，比如地理中的经纬度、气压气流，历史中的经济史、科技史等，都不再是我们印象中只要死记硬背就能学好的科目了。

我翻看他期末试卷写的作文，是一篇用材料写的议论文，一边看我一边大惊失色。文笔很一般，一看就知道作者读书不多，所以词藻不够丰富，并且时有重复。然而整篇文章逻辑清晰、层次分明，引用恰当，观点鲜明，并且，虽然语言不够优美，但说理很深刻，整篇文章思路连贯，一气呵成。老师给打了高分。

看着他的作文，我久久无语。

习惯了我一向喋喋不休的儿子有点忐忑，问我，妈妈我的作文写得不好吗？

我叹了口气，对他说，不是我偏爱，你的作文虽然文采稍逊，但真的很不错。比我当年写得好多了。妈妈放心了，就算你将来大学毕业找不到工作，也完全能够改行从文，以写稿为生。

他问我，我能像你一样，在报刊上发表，然后挣稿费吗？我摇头说，岂止发表？你要是肯用心，再多读点书，多练习写点，超过我根本不是问题。

他很高兴地跑开继续玩去了。可我，却陷入沉思中。我终于明白，原来仅有阅读或者仅有数理都是不够的，对孩子来说，一边读，一边玩，让以阅读为主的文科丰富他们的文化底蕴，让以玩为路径的数理激活他们的思维。文理协调发展，孩子的学习才会更轻松，掌握的知识才会更全面。如此，才是最好的教育，最好的生活。

我的儿子，输在了起跑线，却赢在了奔跑的过程中。

人的成长，不是一时的高低，而要在一路上分出胜负。走走停停，经历挫折，发现兴趣，练就品德。人就是这样成长，并成熟起来的。

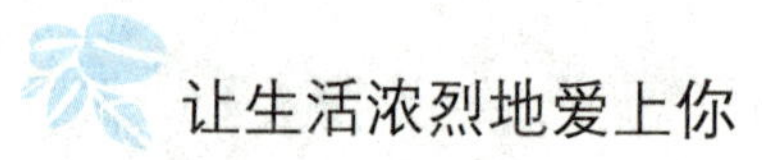

知识点亮人生

林子

知识的确是天空中伟大的太阳，它那万道光芒投下了生命，投下了力量。

——丹·伯斯特

人生需要用知识来点亮，才能终见光明。

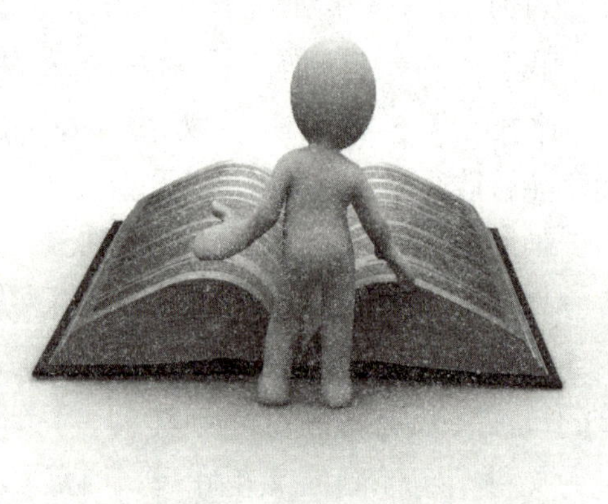

或许很多年轻人有过这样的经历：最初对未来充满美好的憧憬，也想出人头地。可是，现实是残酷的，遭遇的失败和困惑常常让人苦恼，无论你怎样挣扎、呐喊，都不能摆脱命运的捉弄，就好像命运有一双看不见的手，无情地将你推进一个巨大的黑洞里，使你看不到人生的一丝光明。日子就这样在浑浑噩噩、跌跌绊绊中度过。

那么，朋友，不要悲伤，不要叹息，也不要忧郁，知识就是点亮人生的火炬，请你将它高高地擎起！

请相信，知识会让你聪慧。只要你肯努力地去追求，就能得到它，你会变得聪明，然后运用智慧去化解命运的魔力，从而摆脱困境。

请相信，知识会让你坚强，支撑你在人生的道路上无所畏惧地走下去，从容地笑对人生。

请相信知识会让你充满力量。因为知识的里面潜藏着爱的因子，只要将它融入内心，就能使你焕发活力，释放生命的潜能，这力量足以撬动命运的磐石，让人生的轨迹发生偏转，怎能不动容。

请相信，知识会让你海阔天空。没有知识的人，注定他的路是窄的，也不能走得很远，倘若有了知识，海阔凭鱼跃，天高任鸟飞，你就能施展才华，人生的舞台将随心而变大，精彩的演绎会与众不同。

人生的路就是这样曲曲折折，有低谷，也有高峰。当你的人生不经意地走进黑夜的时候，请别忘记带上知识的火炬，因为只有知识才能让你走出无边的黑暗，迎来黎明！

一个人赤裸裸地来到世界，就像一只空的杯子，是没有根基的。知识，就好比是不断加入的水，有了知识，杯子才逐渐有了分量。

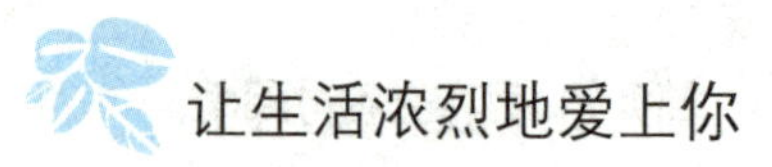

知识是奋飞的翅膀

美丽人生

知识能使你增加一双眼睛。

——谚语

鸟如果没有翅膀，就不能飞向蓝天；人如果没有知识，就不能任重致远。

对于人来说，知识好比是一双隐形的翅膀，有了它就能像雄鹰一样，搏击命运的长空。

没有知识的人，就像蒿草一样，他的人生注定平庸荒凉；而有知识的人，则像禾稻一般，他的人生收获的是金灿灿的庄稼。

在《西游记》里，孙悟空原本是从一块灵石中蹦出来的猴子，虽有过人的资质，但那时还一无所学，什么也不懂。只是后来，他漂洋过海，觅得仙山，拜师学艺，终得神通。

什么是知识？简单地说，知识就是本事，泛指一个人所拥有的某种能力，就像故事中的孙悟空，他的神通，如七十二般变化、筋斗云等，就是知识的一种体现。

知识亦是智慧。《三国演义》中的诸葛亮，上知天文，下晓地理，文韬武略，奇门遁甲，神机妙算，近似神人。而他的智慧，皆来自知识，是知识的另一种体现。

人并非生而知，而是学而知之，因此，知识在于学习。一个天资很高但不爱学习的人，就好比是一块璞玉，倘若不经历刻苦的琢磨，便不能成为贵重的

玉器，一个人，只有终日乾乾，学习不止，才能获得很多知识，给梦想插上一双有力的翅膀。

知识在于积累。荀子在《劝学》中说:“不积跬步，无以至千里;不积小流，无以成江海。”这启示我们，知识的获得并非一蹴而就的，而是靠一点一滴的学习和积累，这是一个漫长的过程，若没有锲而不舍的志向，就不能“积学以储宝，酌理以富才”，成为一个学识渊博、才能出众的人。

知识在于创新。昨天的知识到了今天下午就成了旧的，今天的知识到了明天亦是如此。学如逆水行舟，不进则退，只有勇于创新，才能使自己的知识系统不断升级更新，更好地适应时代的需要。创新并非完全舍弃旧的知识，而是在继承的基础上创新，汲取原有知识的精粹，促进知识的科学发展和进步。

对于我们来说，知识是奋飞的翅膀，知识成就梦想，人生因为知识而精彩。古有苏秦，当初不得志时穷困潦倒，父母和妻子都轻视他，嫂子也不给他做饭吃。后来，他发愤苦读，有时候读书读到半夜，又累又困，他就用锥子扎自己的大腿。就这样，苏秦的知识比以前丰富多了，他合纵抗秦的主张得到采纳，身佩六国相印，从此扬眉土气，好不风光。

一个人无论梦想多么美好，倘若不借助知识的翅膀，就不能够奋飞而起，大有作为，这是一条人生真理。“少壮不努力，老大徒伤悲。”我们应当惜时志学，用知识武装头脑，成为一个有力量的人，才能成就自己的梦想。

知识是一个人的翅膀，借助这个翅膀，才可够得着梦想。

只有努力，没有奇迹

庞启帆

幸运的背后总是靠自身的努力在支持着。但自己松懈下来，幸运也就溜走了。

——罗曼·罗兰

科比教授的心那年特别狠。有人说是因为他花了十多年时间才完成的书稿没能通过出版社编辑的审查，也有人说他就是对学生厌烦了。然而，不管是什么原因，事实令人触目惊心：那年埃及史课全班63.6%的学生都没有及格。要不是我的运气好，那个百分率就该上升到65.4了。

给我记忆最深的就是，他讲课快得吓人。记笔记的速度都赶不上他说话的速度快，特别是他激动的时候。我奋笔疾书，记得几乎是无法辨认的缩略语，但仍然有一半以上的内容记不下来。笔记不全，学习成绩就好不到哪里去。有一次考试，我竟得了38分。我明白，起死回生的唯一机会，就是把笔记记全些。

考试成绩出来当晚，我努力想进入梦乡，哪怕是能将那让我伤心欲绝的分数忘记片刻也好。可是"象形文字"啦、"罗塞塔石碑"啦这类词语像万花筒一样在我脑中不停地转啊转。突然，我的脑子灵光一闪：干吗不在笔记本上隔行留空呢？这样下课以后，我就可以回想授课的内容，把落掉的部分补上。为了表达对古人的敬意，我把这种方法称为"奥西里斯计划"（奥西里斯是古埃及的法老，传说死后成为地界的主宰和死亡判官）。

第二天，我就开始尝试"奥西里斯计划"，没想到一试就奏效。刚开始的时候，上课的内容很难回忆起来。但是随着日子一天天过去，这种回忆成了一种游戏。我常常待在宿舍里，在不受干扰的情况下，模仿老教授讲课，并试着在不看笔记的情况下，尽可能地复述课堂的内容。

一天晚上，我在默诵白天上课的内容时，得到了一个重要的发现。为了使我的复述尽可能地流畅，我用了过渡性的语句，比如"我们已经讨论了霍弗拉法老获得重大胜利的主要原因，现在我们讨论一下次要原因。"此时，我突然想起，教授从来没有把课上的内容分成主要的和次要的。然而，这些主要和次要的内容都整齐地排列、隐藏在看似滔滔不绝的语言中，等待学生们去发现。破解这个秘密后，我发现我的课堂笔记做得更好了，而且课后能够轻而易举地把每隔一行所缺的内容填上。

我试图让同学们和我一起分享这一发现，但他们总是说："把那些笔记都记下来，你也太傻了！坐着听听就行了嘛。"

考试前一天，我把自己假想为教授，站在他的角度拟出了 10 道题。拟好题目后，我再想象自己是在考场，结果，我花了 4 个小时答完了自己出的这 10 道题。最后，根据讲座和课本笔记评阅我的答卷，我高兴地发现，我准确地论述了所有史实和观点。我觉得应该可以顺利通过考试了。没过多久，我的高兴劲就消失得一干二净。我的生死存亡可都押在这 10 道题上了，要是教授不考这些，我岂不要完蛋？我心一横："反正现在再改也来不及了！"

第二天早晨，在去考场的路上碰到杰克后，我更加确信自己要倒霉了。整个学期杰克一直坐在我旁边，我没见他记过笔记，甚至连书都没见他翻过。我问他怎么不紧张，他告诉我说："这学期应该是考第四套题，会考各种历史事件时间、法老的名字、各个朝代、历朝的战争，等等。"

"第四套试卷是什么？"

我估计，除了我，学校里没有人不知道科比教授备有 5 套试题（每套 10 个问题），5 年期间轮换使用。尽管考完后他将每份试卷都收了回去，但绝没料到学生联谊会的组织能力如此出色。他们是这么干的：专门指定一组学生来记第一套试卷的内容，另外一组记第二套试卷，依此类推。学生离开考场后，凭记忆迅速将这些问题写下来，然后存入联谊会的资料库。这招挺绝，很多学生就这样得到了5套试题。

听完杰克的解释，我几乎晕倒。我知道，即使奥西里斯和太阳神都来帮我也无济于事了。

唉，我要倒大霉了。试卷一排一排地往下传，我听见考场里不断响起各种悲鸣："哦，上帝！""这次完啦！"我想大概是教授误发了第五套试卷，而不是大家预料中的第四套试卷。

试卷传到我手中的时候，我同样不由自主地倒抽一口气："哦！这不可能！"那就是我昨天自己出的10道题——顺序不一样但完全相同的10道题！怎么会有如此巧合的事？我相信那是百万分之一的概率。还有比我更走运的人吗？我恢复了镇静，开始奋笔疾书。

最后，科比教授给我打了A+，还写了这样一句话："感谢上帝让我在从教之年碰上了一个高才生！"我因此顺利拿下了学士学位。

将近30年过去了，我想我可以把这个藏在心底的秘密说出来了，这里有一个家伙能顺利拿下学士学位，完全是因为撞上了好运气。

运气就是命运给你的奖赏，因为努力了很久，付出了很多，所以，你才配成功。

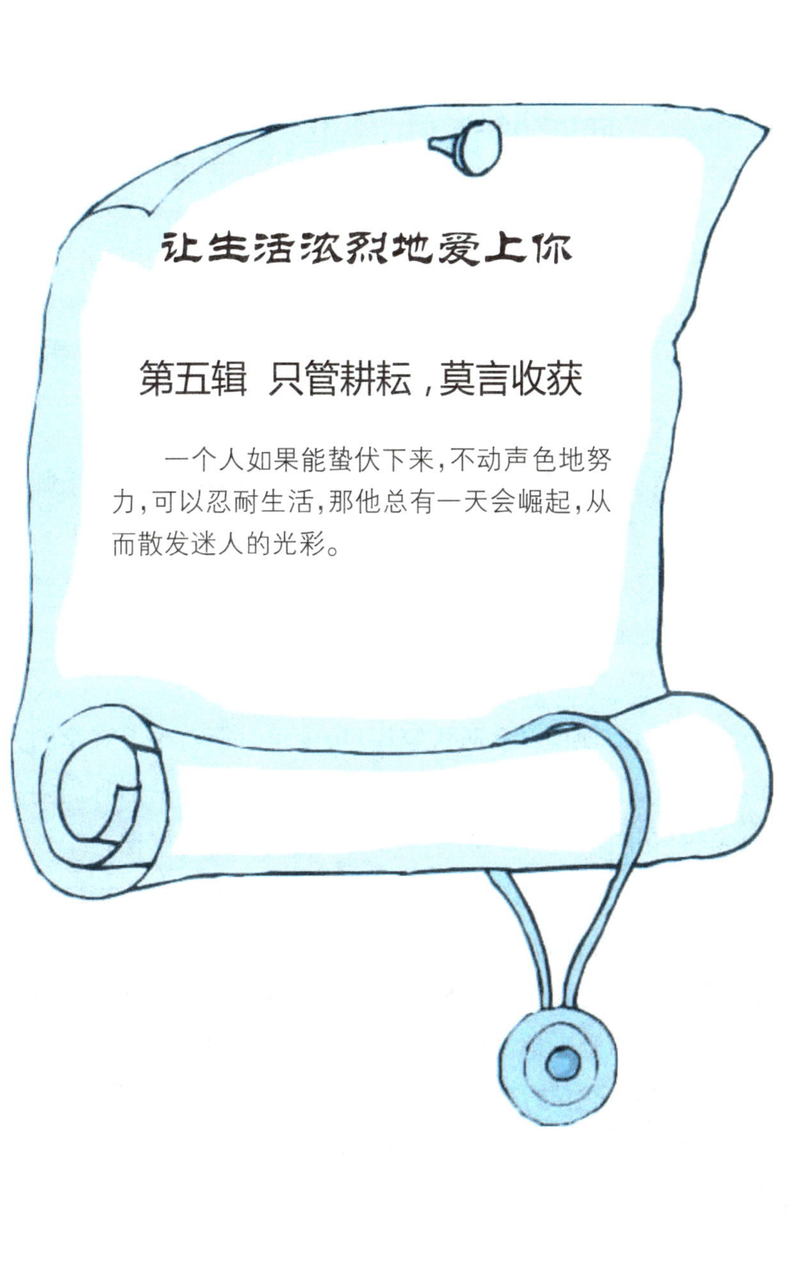

让生活浓烈地爱上你

第五辑　只管耕耘，莫言收获

一个人如果能蛰伏下来，不动声色地努力，可以忍耐生活，那他总有一天会崛起，从而散发迷人的光彩。

师旷妙语劝说平公学习

张素燕

现实是此岸，理想是彼岸，中间隔着湍急的河流，行动则是架在河上的桥梁。

——克雷洛夫

春秋时代，晋国的国君平公有一天对一个名叫师旷的著名乐师说："我已经是 70 岁的人了，再想学习恐怕太晚了吧？"

师旷是个聪明人，他故意问："晚了，那为什么不把蜡烛点起来？"

晋平公认为师旷很不礼貌，生气地说："我跟你讲正经事，你怎么能开玩笑？"

师旷就认真地对他说："我听人家说过，少年时期就刻苦好学的人，好像早晨的太阳，前途无量；壮年时期开始刻学习的人，好像是烈日当空，虽然只有半天，可是锐气正盛；老年时期才开始刻苦学习的人，好像是蜡烛的光，虽然远远比不上太阳，但是比在黑暗中瞎碰乱撞，可要好上多少倍啊！"

晋平公听了，连连点头称是。

面对平公的疑问，师旷没有从正面回答，而是顺着他说的话："再想学习恐怕太晚了吧？"诙谐幽默地说："晚了，那为什么不把蜡烛点起来？"面对平公的又一质问，师旷顺挚引导，巧妙地运用比喻的手法，把人生的三个阶段做了形象生动的描述和解释。从而让平公意识到活到老，学到老。只要有目标，有恒心，有信心，有决心，不管多大年纪学习都不晚。

年龄不应该成为一个人发展的限制，更不能阻碍一个人向前发展。心有多大，舞台就有多大。

只管耕耘，莫言收获

佳音

最好不要在夕阳西下的时候幻想什么，而要在旭日东升的时候即投入工作。

——谢觉哉

管谟业，1955 年 2 月 17 日出生于山东高密县河崖镇平安村。

小时他是一个调皮蛋子，好动也贪玩，什么都喜欢摸摸看看。那时候，树林子里的鸟很多，看到大人在打鸟玩，他每次都要拽着人家问清楚哪个鸟叫什么名字。

12 岁那年，正值“文革”，他因为拔了生产队的一个红萝卜，被罚跪在毛主席像前请罪，回家后被父亲用蘸了盐水的绳子抽打。爷爷心疼地说：“不就是拔了个萝卜吗！还用得着这样打？”但打也是一种教育和警示呀！“中农”出身的家庭让每个人在这场运动中都得小心翼翼，老老实实，才能苟且偷安。

他从小就喜欢看书，嗜书如命。家里没书可看，为了换取别人的书看，他就去给人家推磨，有时候整整推一天的磨才能换来一本书。一天下来，累得腰酸腿疼，脸色煞青，但只要能捧着书回来，他总是高兴得合不拢嘴。那时没电灯，晚上点着油灯看书，母亲常常提醒他，没油了，别看了。但往往被他当作耳旁风。

他大哥是华东师范大学中文系毕业的，是家里最有学问的人。大哥有很多作文本，上面有他写的文章和笔记。管谟业小的时候很喜欢翻看，而且把看到的好词句很快就用到了自己的作文里。所以，上学的时候，他的语文成绩很好。

管谟业还有一个特殊嗜好，那就是背《新华字典》，真到了倒背如流的程度。别人问起哪个字在第几页，他都能答出来。

1967年小学5年级时，他因“文革”和得罪别人被迫辍学回家务农，当起放牛娃。那时，小小的他，梦想当一个作家，为的是一日三餐都能吃上香喷喷的饺子，然后娶石匠女儿当老婆。

管谟业18岁那年，父亲让他到县城的胶莱河去干活。当时他自己很不情愿，他不想在最好的年纪丢掉书本成为一个靠劳力吃饭的人。无奈，家庭条件困难，兄弟姐妹多，早已没有钱来供他念书。

两年后，管谟业去当兵。他一到军营就吃了18个馒头。刚分去的小兵都是站岗或者做饭，他真想去做饭，做饭多好啊，起码能吃饱，但最终让他去站岗！

新奇的是，从第三年开始，管谟业开始给战友们上课，学习内容是三角函数的基础知识。这事儿看起来蛮不靠谱！他没有上过多长时间的学，就连初中都没上完，但他对学习十分重视，也继承了父亲极强的自学能力，自学完了初中和高中的数学，“自动升级”成了现在的现学现卖！两年后，他还上哲学与政治经济学，教得有声有色，有时还有领导来听课。

那时，作家梦在这个年轻人的内心再次熊熊燃起，他拿起笔开始写作。当时，他写了很多作品，向全国的地市级报刊投稿。每次他都满怀信心地把厚厚的稿纸装进信封，之后开始漫长且充满希望的等待，但最后等来的往往是破烂不堪的退稿信封，里面最多塞上一封编辑部铅印的退稿信。

1981年的一天，他收到一封保定市《莲池》编辑部的信，发表了人生的第一篇短篇小说《春夜雨霏霏》。这时，曾听过他讲课的一位颇为惜才的副主任，拿着他的作品就到北京总政文化部“推荐贤良”。管谟业当时是总参下面一个学校的副连级教员。他报名参加了几轮考试，也获得了通过。但不知何故，他没在规定的时间来军艺报到。按规定，他就不能录取了。看着他茫然无措的样子，系主任徐怀中把他叫去，问他写过什么东西。他忐忑地从包里摸出1982年发表在《莲池》上的小说《民间音乐》递过去。幸运的是，徐怀中看了他的小说，十分高兴，大加赞扬：“这个学生，即便文化考试不及格我们也要了。”

同意报考后，他的一颗心放了下来，最终文化考试考了第二名，连同作文最高分，他以优异的成绩进入了军艺文学系，成了一名年近三十的大专生。

当时文学爱好者很多，有不少人是把文学当作名利的敲门砖，不去刻苦地写作，而是到处清谈吹嘘。管谟业很看不惯这种风气，认为作家还是要靠作品吃饭，不能张嘴说白话。于是他给自己起了个笔名“莫言”，正好也与真名管谟业音相仿，这也符合他沉默寡言的性格。

军艺的学员宿舍是四个人一间，莫言无法安静地写作，于是就在文学系的梯形教室里写。每天晚上，同学们有的外出访亲探友，有的喝酒侃大山，有的看书，只有莫言躲在教室里一写就写到凌晨两三点。当时有人背后讥讽："这么用功，真能成吗？"

1984 年初冬的一天夜里，他做了一个梦，身穿红衣的丰满姑娘手持一柄鱼叉，从地里叉起一个红萝卜，高举着，迎着太阳……从起床号响起，他就沉浸在这个辉煌的梦境里，上课时，他一边听课，一边把整个梦境用笔头"勾"出来，两周后，稿子出来。他拿不定主意，甚至连算不算小说都说不上来。他把稿子拿给同宿舍的一位干事看，干事看完后很兴奋："这不仅是一篇小说，还是一首长诗。"后来他又拿给徐怀中主任看，徐主任看完后还拿给自己的夫人看，结果他夫人赞不绝口："小说里那个黑孩子让我很感动。"系里更是召集几个同学座谈了这篇小说。

1985 年 3 月，刚创刊不久的《中国作家》第二期发表了这篇小说和座谈纪要，主编冯牧先生在华侨大厦主持召开了小说研讨会，汪曾祺、史铁生、李陀、雷达、曾镇南等名家参加了会议。这就是短篇小说《透明的红萝卜》，成了莫言的"成名作"。这篇小说就有他 12 岁偷拔生产队萝卜的影子。

自此，莫言正式走上了文学道路。

此后，他的《白狗秋千架》《枯河》《红高粱》等作品接连问世。国内文学界到处在打听谁是莫言？他是干什么的？当知道莫言是军艺文学系的学生时，许多杂志的编辑，以及文学爱好者，都跑来狭窄的宿舍，找他约稿，探讨文学。他只得躲起来，然后是不知疲倦地写作。

在军艺的两年里，尽管白天要上课，但莫言还是写出了 80 多万字的小说，其中包括《红高粱》。《红高粱》1986 年发表后，在文坛上引起轰动。

有一位作家说："莫言的小说都是从高密东北乡这条破麻袋里摸出来的。"他本是讥讽莫言，但莫言却把这话当成是对自己的最高嘉奖。他扛着"高密东北乡"的旗号啸聚山林、打家劫舍，在自己的文字天地里当起了开天辟地的圣者，发号施令的皇帝，先前的那些钢琴、面包、原子弹、臭狗屎、摩登女郎、皇亲国戚、假洋鬼子……统统被他塞到高粱地里去了。莫言对自己身上能绑上一条高密东北乡的"破麻袋"相当高兴，"在这条破麻袋里，狠狠一摸，摸出一部长篇;轻轻一摸,摸出一部中篇;伸进一个指头,拈出几个短篇。”

这么一条“破麻袋”是莫言独此一家的标志,使他的作品形成了自己独特的风格。

1995年春天,莫言用83天完成了他最具争议的作品《丰乳肥臀》。洋洋50万言的小说因内容尖锐而引起轩然大波。在他获得“大家文学奖”10万元奖金后,各种冷嘲热讽接踵而至,批判、挖苦源源不绝。但是,也有人说这是一部杰作。对于争议,莫言曾说:“我觉得你可以不看我所有的作品,但如果要了解我的文学世界,你应该看看《丰乳肥臀》。”这是莫言一部总结性的小说,从此,他结束了从《红高粱》开始的高密东北乡家族小说的写作。

《丰乳肥臀》后,莫言暂停了小说的创作,其间写了《红树林》等影视剧本,还创作了很多散文等。直到1999年,他连续在《收获》杂志上发表了四部中篇小说,由此重返小说界。

至今,莫言共发表了80多篇短篇小说、30部中篇小说、11部长篇小说,出版过5部散文集、一套散文全集、9部影视文学剧本,以及两部话剧作品。他的作品还被广泛地翻译成英语、法语、西班牙语、德语、瑞典语、俄语、日语、韩语等十几种语言,获得过许多外国文学大奖。2009年底出版的《蛙》于2011年8月获得第八届茅盾文学奖。

2012年10月11日,莫言被授予2012年诺贝尔文学奖,“从历史和社会的视角,莫言用现实和梦幻的融合在作品中创造了一个令人联想的感观世界。”他也由此成为首个斩获此奖的中国人。

只有在那崎岖道路上不畏艰险勇于攀登的人,才能到达光辉的顶点。扎根乡土,披肝沥胆,勇于探索,潜心创作,淡泊名利,只管耕耘,莫言最终获得了巨大的成功。

一个人如果能蛰伏下来,不动声色地努力,可以忍耐生活,那他总有一天会崛起,散发出迷人的光彩!

你真的朋友多如牛毛吗

张嘉芮

人一生有一个朋友足矣，两个太多，三个就会惹来麻烦。

——亨利·阿达姆斯

某晚偶然看到一个节目，一位中年男子在诉说有关朋友的一段经历。

他说在十年之前，他的朋友遍天下，简直多如牛毛。最早手机还没出现的时候，他的通讯录有两大厚本，后来有手机了，光陆陆续续输这些通讯录就花了好几个星期。

那时，他在搞某个牌子的保健品代销，在朋友圈子里算得上是个“小富翁”；那时，他经常与各路朋友前呼后拥，大块吃肉大碗喝酒，好不痛快，他曾非常自豪于自己的“交际能力”，谁能交这么多朋友？

后来这种保健品不知怎么突然出事了，他不但转眼血本无归，还欠了银行债务。银行的催款信像追魂铃一样搅得他夜不能寐。

他的自尊心很强，即使这样他也没想过要去开口求人，后来实在熬不住了，他终于涨红着脸打电话向朋友艰难地开了这个口。他没好意思当面去借，那样会让他更难堪。

让他做梦也没想到的是他竟然借来借去，一分钱都没借到！电话那头一听他的来意，不是支支吾吾，就是顾左右而言他，理由是层出不穷，五花八门。

主持人这时插嘴问道：“万一你打电话的那些朋友当时真的没有钱呢？”

他苦涩地笑了笑说：“我当然是选好那些肯定有实力的朋友才打过去的。”

他说他当时极为震惊，进而感到无比悲哀。悲哀的并不是没有借到钱，而

是悲哀自己这么多年对于“朋友”这两个字的信念在瞬间轰然坍塌，进而感觉自己做人很“失败”，那种虚无与沮丧的感觉无以言表。

他当时已经走投无路，只好厚着脸皮向老家的老父母求助，之前他怕家里人担心，一直瞒着自己生意失败这件事。结果是父母卖了自家另一块宅基地，和兄妹们凑了一些钱帮他渡过了难关。

后来他又重整旗鼓，慢慢爬了起来。

爬起来后的他像变了一个人。以前他经常为应酬朋友深夜不归，整个家都撂给妻子，现在除了生意上必不可少的往来，他很少为朋友推杯换盏而冷落家人。

现在他的通讯录上能称得上“朋友”的很少，以前的那些朋友也很少联系了。他说，可能我的做法看上去偏激了一点，但的确是曾经“跌得太痛了”。

相信看了这个节目之后，与我一样不平静的大有人在。电影《手机》里说分辨真假朋友有两种简单的方法：一是物质过滤法，二是精神过滤法。

物质过滤法就是当你遇到人生沟坎，面红耳赤地向朋友们讲出你想借一些钱时，那个人一边安慰你，一边赶紧拿钱往你兜里一塞，顺带给你一拳头：“小样，还脸红？咱俩谁跟谁！”这个人，就是你的真朋友。就算这个人当时也有难处，他也会想方设法凑一点给你，与你共同想办法渡过难关，不会看着你在苦苦挣扎而一毛不拔。

精神过滤法，就是当你遇到憋屈的事儿，深夜心里难受、发闷时，你能摁下一串号码，然后冲着话筒发发牢骚骂骂娘，这串号码的主人，就是你的真朋友。

这是电影里的说法。当然，我个人倒是觉得第二种方法最好限于未婚的朋友，半夜吵人家也只吵朋友一人。如果朋友已婚了，人家半夜也许正你侬我侬之时，你吵得人家情趣全无，朋友倒不好说什么，估计另一半得不乐意了。

我常常听有些人颇为自豪地讲，我的朋友太多了，简直多如牛毛，五湖四海，三教九流，天南地北，太多太多了，那名片得用柜子装！

我只是淡淡一笑，心想，老兄，所谓“富在深山有人问，穷在闹市无人知”，你现在觉得自己朋友遍天下，那是你现在脸上春风得意，手里孔方多多，可是……

“可是”后面我没敢说，也不能说，说了触人家霉头总不好。

朋友在于精，而不在于多。我们经常有这样的误区，以为朋友多，人缘好。可是事实却是有很大一部分只是占了一个名分而已。

在海底办邮局

佟雨航

我以为人生最大的刺激之一是日新又新，不受制于旧观念，这样，才能自由地寻找新创意。

——罗杰

瓦努阿图国家邮政总公司只是一个很小的机构，虽然全公司总共只有35名员工，但瓦努阿图国由于地形、地貌差异很大，以及人口分布稀散等诸多原因，使得瓦努阿图国家邮政总公司的运营成本远远高于业务收入，所以一直处于连年亏损的状态。

如何才能扭亏为盈呢？新上任的公司总经理霍林斯想破了脑壳，却怎么也没想出一个好办法。

瓦努阿图是位于南太平洋的一个美丽岛国，这里有迷人的热带风光，还有热情好客的善良市民，更有世界著名的海下潜水区和美丽的海底动植物世界，每年都吸引着世界各地成千上万的游客前来观光。一天，愁眉不展的霍林斯来到首都维拉港的沙滩上散心。在沙滩的潜水区，他看到一群身穿潜水衣的潜水爱好者正跃跃欲试准备下海体验休闲潜水。霍林斯也非常热爱休闲潜水运动，便也租了一身潜水装备，和那群潜水爱好者一起潜入海底。海底世界五彩斑斓，艳丽夺目，各种色彩缤纷的热带鱼在潜水者的身边游来游去，美不胜收。那一刻，霍林斯突发奇想，如果此时此刻能把眼前看到的美景和当下的心理感受写下来，在海底邮寄给远方的亲友，让他们和自己一起分享畅游海底世界的快乐，那将是多么美好的记忆和留念啊！霍林斯脑中突然灵感迸发，何不就在深海海底建一家邮局呢？回到岸上，霍林斯把自己在海底的新奇想法跟身边的潜水者一说，他们也都觉得这个想法很奇妙，也很新颖独特，一定会受到广大潜水游客的欢迎。

受到鼓舞的霍林斯，说干就干。他把海底邮局的地点选在首都维拉港沙滩附近的海下，从外观看起来，海底邮局很像一个巨大的罐头，高 3 米，直径有 2 米。霍林斯还招聘了 4 名拥有海洋自由潜水证书的潜水爱好者来担任瓦努阿图邮政总公司海底邮局的水下员工。海底邮局每天至少营业一个小时，如果海底邮局上班营业了，水面上就会漂起挂有旗子的浮标。海底邮局配有邮政信箱，潜水游客可以到这里来邮寄防水明信片，营业员给他们的明信片盖戳。当然，他们使用的不是传统的以墨汁盖销邮票的方式，而是使用带有凹凸花纹的日戳，印出特殊的凹凸纹迹，表示明信片已经寄出。如果游客不想直接潜到水下海底邮局办理业务，也可以在岸边用一种特殊的笔，在明信片上写信，邮政员工再把明信片投到水下邮箱，或干脆把它送到邮件处理中心。

霍林斯把海底邮局的图片和资料发布到网上，还把宣传广告印制在国家旅游地图手册上。在海底潜水游玩之余，买一张防水明信片或特殊信纸，写下一段心情文字或祝福语，在百米深海投寄给远方的亲友，光想想就让人感到新奇有趣。因此，瓦努阿图海底邮局这种闻所未闻、见所未见的海底邮政业务，越来越多地受到世界各地游客的追捧和欢迎。凡是前来瓦努阿图旅游的游客，必定会慕名到海底邮局办理邮寄明信片业务。而且，瓦努阿图邮局每天还会收到大约 30 封想要了解更多有关海底邮局情况的电子邮件，发件人明确表示今后会与他们的家人或亲友一起来参观海底邮局和办理邮政业务。目前，随着瓦努阿图旅游业的日益繁荣和广告宣传攻势的加大，海底邮局每天收寄明信片就有 300 多张，大多数都是寄往澳大利亚、日本和欧洲各国的。

随着海底邮局的建立及运营，到 2012 年底，公司年终财务报表显示，公司的邮政收入比前一年增加了 56%，支出却只增加了 7%，公司当年便实现了扭亏为盈，并获得了 2200 多万瓦图（15.1 万多美元）的经营收益。而且，随着国家对岛屿特点的大力宣传和海底邮局知名度的不断提高，海底邮局的经营状况还会芝麻开花节节高。

很多时候，仅仅是一个大胆的绝妙创意，便能让濒临绝境的企业起死回生，焕发出勃勃的生机。

创意，然后胆大心细，就可以创造财富。有时候脑海中突然冒出的一个点子，经过周密计划，然后勇敢实施，财富就有可能向你走来。

每一样资源都是财富

林玉椿

致富的秘诀在于“大胆创新 眼光独到”八个大字。

——陈玉书

在第二次世界大战中，J.R. 辛普洛特偶然得知前线的作战部队需要大量的脱水蔬菜的消息。他认为这是一个难得的机会，马上贷款买下了当时美国最大的两家蔬菜脱水工厂，专门给前线部队供应加工脱水土豆。

两年后，纽约有一位化学家研制出了冻炸土豆条。辛普洛特认为这是一种很有潜力的军需新产品，于是大量生产这种炸土豆条。没想到这种产品一经推出，立刻大受市场欢迎，使他大赚了一笔。

在做炸土豆条时，辛普洛特发现每个土豆大约只能利用一半，剩余的都被当作废料扔掉了，这让他觉得很浪费。经过思考之后，他决定将这些剩余的土豆皮拌入谷物，用来做饲料饲养军马。那些大量的土豆皮为他饲养了 15 万匹前线的军马。

之后，辛普洛特继续琢磨土豆还可以如何发挥更大的价值。想到前线部队有数以百万计的车辆，那么所消耗的汽油量肯定很大，军队运输肯定会经常面临汽油紧张的情况。他便开始试验用土豆来制造以酒精为基础的燃料添加剂,结果经过汽车试用后,这种新能源效果良好。他将这种燃料添加剂供应给部队,以弥补汽油的短缺,又获得了巨大的利润。

同时,辛普洛特还将土豆加工过程中产生的含糖量丰富的废水用来灌溉农田,把土豆喂养战马所产生的马粪收集起来,作为沼气发电厂的用料。

结果,在整个“二战”中,辛普洛特的土豆系列产品的产值超过了10亿美元,利润达到6亿美元。

辛普洛特成名之后,有人问他是什么使他获得这么大的成功。辛普洛特是这么回答的:“我一直遵循着两条简单而又明确的原则:一是从大处着想;二是绝不浪费财物。”

只要利用得好,其实每一样资源都可以变成财富。

之前看过一部电视剧,大概讲的就是一位女大学生大学毕业以后没有选择工作,而是进行废品回收。然后就成了富豪。没有哪种资源是没用的,哪怕是垃圾,如果合理利用,依然可以变为自己的财富。

张绍民——73个字赢得一辆小汽车

张文超

不经一番寒彻骨，怎得梅花扑鼻香。

——黄蘖

他出生在湖南益阳。在他十岁左右的时候，父亲收藏的《四大名著》成了他最好的玩伴。他对这几本书可谓爱不释手，时常借着做晚饭炉灶里的火光阅读，遇到不认识的字就直接跳过去。

上初中后，每逢周末他必定早睡早起，步行三十多里地到镇上的图书室看书，看完后扭头往家跑，一跑就是两个小时。也就是在这个时候，他的偏科情况逐渐严重起来，他喜欢语文、历史、地理，害怕数理化。他说："每次上数理化，我就发呆，怕得要死，担心老师点我回答问题，我不会答呀！"

到了高中，他的阅读面更加开阔，学校旁边有租书店，他省吃俭用，攒够钱就租书。高一下学期，学校有爱好文学的同学组织出版一本刻蜡纸的油印诗歌刊物《极光》，刊物主编却是位喜欢诗歌的物理老师。他的写作生涯便以这份简单的油印刊物起步了，但很快他便成为这本刊物的知名作者，他这样写雨："闪电怀孕了 / 生下一场雨 / 她的孩子顶天立地。"他这样写甘蔗的甜：

“水在甘蔗那里 / 过上了甜蜜的日子。”他这样写飘零的落叶：“树叶从树枝上跳下 / 边跳边说 / 我下来啦。”他说“漩涡是水的戒指”；他说“把饭碗翻过来 / 就成了一座坟”……

由于高考并不理想，他读了湖南师大中文系的自费生，而自费与统招生待遇有明显差别。在大三那年，他以第一人称的视角，写了三个自费中文系学生以自卑、奋斗、写作为主题的中篇小说，题为《中文系》，投给了湖南知名度最高的文学刊物《芙蓉》。

小说一投就发表了。他得了三四百元稿费。拿到这笔稿费后，他的全家非常欣喜，马上拿去买了自家田地需要的化肥农药。他父亲写得一手好字，这之后老人家常常誊写稿件，誊写好再去投。

《中文系》的顺利发表给他以巨大鼓舞，他开始搜罗身边的期刊杂志《今古传奇》《中华传奇》《中国服饰文化》《女友》等，然后根据这些刊物的特点，写不同的题材，有的放矢地投稿。他的作品在大江南北逐渐地开了花，但仍然是小打小闹。

大学毕业后，他在湖南一家电视台干了近一年，每天做的事情就是写稿、洗车、搞卫生、端茶送水、给领导刷鞋子。他发觉前途无望，转正无期，单纯靠写稿又养不起自己，于是在 1997 年春节去了深圳，在一家企业谋生。当时，他的月薪 1200 元，自己留 200 元，其余都寄回老家，支持家里盖新房。

1997 年寒冬，他应邀去北京参加青春诗会。诗会上，他脱口而出：“闪电不能修改”“泥土与水已经很旧了”“水吃到寒冷才会露出骨头”等，这些即兴佳句让许多成名已久的诗人惊诧不已。

诗会结束后，他在北京转了转。这里浓郁的文艺气氛、深厚的文化底蕴让他已有些沉寂的文艺梦想被再次激活。他当即决定留下发展，先是在出版社做编辑，学习出版知识，后来自己离职单干，尝试着编辑策划一些书。

2005 年，全国精短文学大赛拉开帷幕，他获悉后，花了十分钟，创作一首 73 个字的诗《从前的灯光》投了过去：“吹灭掉灯 / 黑暗就回了家 / 许多夜里 / 我们灭灯聊天 / 节约煤油 / 那天来客 / 深冬的黑夜 / 娘点亮两盏煤油

灯 / 灯光亮出了白天 / 屋里堆满光的积雪 / 没有好吃的 / 娘用灯光 / 招待客人。”

这首短诗最终获得了特等奖“金拇指奖”，奖品是一辆小汽车，而评委是他听说过而没见过的一些人：方方、李锐、迟子建、陈村、周国平、韩少功、蒋子丹。

2011 年 11 月，在沉寂了相当长一段时间后，他推出了自己的力作长篇小说《刀王的盛宴》，而这部作品得到了名家贾平凹、邹静之、麦家的鼎力推荐。

从一个借着火光读书的小男孩，到推出万言大作并得到名家肯定，一路风光，一路坎坷。他就是张绍民。

奋斗路上就是这样曲折，跌跌撞撞，最后撞开了成功的大门。去努力追寻吧，为了梦想和远方，留下一路风尘一路歌。

直升机送快递

小佟探花

宁可失钱，不可失信。

——谚语

美国卡特彼勒公司是以生产推土机和铲车为主的一家世界级公司。为了彰显自己的实力和完善的售后服务，他们在广告中宣称："购买了我们产品的人，不管在世界哪个地方，需要更换零配件，我们保证48小时内送到您手中……"

这句广告打出不久，就遭遇了现实的挑战。一天，公司总部接到分公司打来的电话，当地一家建筑公司的铲车"罢工"了，问题就出在一个小零件上。可他们翻遍了仓库都找不到这种零件，只能向总部求援。总部工作人员赶紧查阅库存，总算找到了这种零件。但是，问题又来了：分公司所在的位置非常偏僻，离总部要几千公里，如果按广告上的承诺，48小时内根本无法送到。没办法，工作人员赶紧向上汇报了情况。

公司总裁卡特·彼勒立刻召集大家想办法。有人提议用直升机送零件，可这款零件售价仅50美元，售后净利润只有2美元，而动用一次直升机的成本高达2000多美元。很多人都以为公司会放弃这笔生意，但卡特·彼勒说："我们既然承诺了，就一定要做到，无论花多大代价！"最终，公司用直升机把只有50美元的小零件按时送到了客户手中。

说到做到，这是企业获得商业信誉的关键。

诚信乃立身之本。一个诚信的人，才会赢得别人的信任，企业也是一样。

重奖“懒惰者”

嵇振颉

世界上只有两种人：高效率的人和低效率的人。

——萧伯纳

2013年初，查理在温哥华市中心开了一家五星级酒店。开业后，客人络绎不绝，入住率常在八成以上。平时，查理很少待在办公室。他的身影经常会出现在市郊的高尔夫球场上。

2013年9月，他又度过了一个悠闲惬意的假期。返程前一天，一位朋友问他，酒店事务千头万绪，你怎么还有这么多闲心打球？他笑着说，自己是个“懒人”，凡是能吩咐手下人干的事，他绝不亲自做。很感谢这些员工，把酒店打理得井井有条。他的话引来周围羡慕的目光。

从高尔夫球场回来，他叮嘱人力资源部：年底前，要从全体员工中评出十名最“勤快”员工和十名最“懒惰”员工。人力资源部不敢怠慢，经过一个多月的考察甄别，两份名单汇总到查理手中。

十名最“勤快”的人先被叫进办公室，查理进行了一番勉励。接下来，轮到十名最“懒惰”员工进去。得知上了这份名单，他们心里沉甸甸的，被戴上“懒惰”这顶帽子的员工，离被辞退已经为期不远。这次谈话，很可能是让他们卷铺盖走人。

不过，情况似乎不那么糟糕。一进门，查理面色平静地说：“优秀员工表彰会上，请各位做个发言。希望你们说说，为什么会被评上最‘懒惰’员工？写好发言稿后，让我先过目一下。”他们心里盘算着：“估计老板想拿他们做反面典型，这是挽回印象的机会，写得好或许能让老板回心转意。”

几个人的发言稿都变成了检讨书，对自己的懒惰进行了深刻反省。发言稿交上去后，查理直摇头说："我没让你们这么写，而是想看你们如何完成工作。"这十个员工的稿件又改了两次，直到查理满意为止。

员工表彰大会上，十位最"勤快"首先上台，查理与他们一一握手。随后，是十位最"懒惰"员工的发言。底下的人越听越糊涂，这哪里是在自我检讨？好像他们才是这次表彰会上的主角。

十人讲完后，查理走上台笑着说："下面我宣布，他们十个人荣获年度最优秀的员工。"下面一片哗然，很多人窃窃私语，怀疑老板是不是吃错了药。查理挥了挥手说："大家听我解释一下。其实，你们一年的工作都很好。不过，我曾多次暗地里观察他们，发现他们身上的'懒'，其实是一种工作上的高效和智慧。他们总喜欢一口气把工作干完，讨厌多走半步路，讨厌再做第二次，比如总是一次性把餐具送上餐桌，一次性把客房收拾干净。在别人眼中，他们好像整天闲着，似乎是在偷懒。但在我眼里，最优秀的员工全无例外的都是'懒汉'，因为他们的'懒'是建立在高效率上。因此，我希望你们在忙碌时，能多花些心思在工作效率的提高上。如果每个人都能变成那样'懒'，酒店的发展会更加蒸蒸日上。"说完，他把不菲的奖金递到最"懒惰"员工的手中。

查理用独到的眼光，辨析出"懒惰"与"勤奋"只是相对而言，背后隐藏着不为人知的密码。长期以来，人们对懒惰深恶痛绝。但从某种角度来说，"懒"能成为一种创造动力，也能提高工作效率。只要"懒"得睿智、"懒"得高效，这种懒惰就值得我们去追求。

很显然，工作的成功与否，是在于效率，而不是次数。一个有效率的人，才是充满活力与激情的。所以，多做有效率的事吧。

替别人跑生意

小刚

经验，制造一切未来；经验，是所有过去的成果。

——阿诺得

那一年，他想盘下一个即将破产转让的印刷厂，可家里并不富裕，东拼西凑终于把印刷厂盘了下来，然后全家总动员，跑订单、发传单，从早忙到晚，可生意却不见起色。这不怪别人，印刷厂实在太简陋，80多平方米的厂房里，只有一部小型印刷机、一台简易切纸机以及一部照相制版机，只能印刷黑白宣传单和手册资料，这在一定程度上制约了生意的发展。

父亲见生意太差，整天抱怨不该盘下这个厂子，不但挣不到钱反而成了负担。更令他们生气的是，见厂子效益不行，他开始“不务正业”了，全家人每天低三下四地找生意，可他却整天和别的印刷厂套近乎。几个月下来，他没有为自己的印刷厂接下一个订单，竟然为别的印刷厂签下了两个大单，父亲骂他是败家子，干脆将他赶出了家门。

父亲的训斥并没有使他改变。他依然每天和一些大的印刷厂拉关系，免费为人家跑业务，从早忙到晚。半年后，家里的印刷厂实在维持不下去了，只好关门歇业，可他似乎不太在意。

一年后，在他的努力下，印刷厂又重新开张。但这一回，他们的生意却来了个大逆转，他们再也不用像刚开始那样低三下四求人了，订单多得做不完。又过了半年后，这个小小的印刷厂引进了新设备，越经营越好，规模越做越大。

生意怎么突然间好起来了呢？一系列的变化让家人摸不着头脑。他终于道出了其中的玄机。他说，我们从一张白纸起步，首先要积累人气。其次，我们的印刷厂只能印一些小广告，就算有大订单我们也做不了，不如把我跑下来做不了的大单子送给他们搞好关系。最后，我们没有人懂印刷厂的管理运行，和他们在一起，我可以免费学习管理。所以，我考虑，我要用一年的时间多和大印刷厂联系。功夫没白费，这一年来，我和28家大印刷厂建立了朋友关系。人家毕竟是大厂子，生意很多，因为我和他们的良好关系，一些简单的业务，他们嫌利润少不愿做的就给我了。有些大单他们做不完，就把一些附带的小单子给了我……所以，我们的生意就渐渐好了，再加上这一年我完全掌握了印刷厂的运行规律，学会了管理，所以我们成功了……

这个人叫HelgeHansen，中文译名叫汉森，后来进入世界第二大印刷机制造商德国高宝公司，并成为那里的总裁兼CEO，开创了自己的商业帝国。替别人跑生意，看似是不务正业之举，但其中蕴含的商业智慧却让人赞叹不已。

干好事业，光有热情是不够的，还需要经验、人脉、管理方法、资源等等硬性条件。有了这些条件，事业才可以步入正轨，所以，如果你打算创业或者正在创业的路上，不妨学习主人公这种乐于学习的精神，你会越走越好。

让螃蟹从自动售货机里“爬”出来

侯拥华

创新是科学房屋的生命力。

——阿西莫夫

有人用自动售卖机卖饮料，有人用自动售卖机卖食品，可从没有人用它来卖活着的商品。有一个中国人却打破常规，用它来卖活物，而且是卖可以四处横行的螃蟹。

这个人叫史团结，江苏省高淳县人。作为一名成功的商人，在用自动售卖机卖螃蟹之前，他正在用自己独创的销售方式卖螃蟹：把螃蟹装在一个由他设计的“螃蟹别墅”里卖。“别墅”是一个像楼房一样的包装礼盒，侧面有两扇门，打开后可以看到一层一层的“房间”，螃蟹就分开放在“房间”里。但捆绑螃蟹是技术活，工作效率很低，这让他很头疼。

能不能想一个办法，让螃蟹绑起来既快又安全，还可以提高成活率呢？于是，他开始琢磨起怎样包装螃蟹的事情来。就在他苦思冥想的时候，他突然想起他以前在家里包装螃蟹时，那只跑出来躲藏在沙发底下的螃蟹。

那天他在家大扫除，搞卫生的时候，把沙发移开，忽然发现沙发的角上有一只螃蟹一动不动。一时好奇，他伸出手去抓它，抓在手里才发现它还是活的。当时天气已经很冷很冷，这螃蟹躲在这里大概没一个月，也有 20 天了吧。螃蟹逃跑事件让史团结萌生了一个大胆的想法：能不能给每个螃蟹做个小盒子，让它躲在里面，就像躲在沙发角里一样。不是存活时间会更长吗？思考了很久后，他想到一个办法，用盒子把螃蟹一只只的单独包装起来，如同给螃蟹“盖”一个“小房子”。

经过反复试验，他终于研究出来了一个不用将螃蟹捆绑的包装。模型定好后，他找到浙江一家模具厂做出了一个样品，经过试验他高兴极了。螃蟹住在里面很舒适，甚至最长可以存活 20 天。把一只螃蟹从盒子的一边塞进去，再塞另外半边，只需五六秒钟。而且盒子是用无毒塑料做的，这种包装还可以放在锅里蒸，打开后螃蟹就可以直接食用了，使用起来十分方便。

试验成功后，新包装开始批量上市。有了新包装，史团结的生意火得一塌糊涂。这催生出史团结更大胆的想法，用自动售卖机来卖螃蟹。经过两年的研发，卖螃蟹的自动售卖机还真的诞生了。

2010 年 10 月 1 日，装满了鲜活螃蟹的自动售卖机首次出现在了南京地铁新街口站，引起轰动，许多市民纷纷驻足观看。这种自动售蟹机高约 2 米，内分 6 层货仓，机内温度 5℃～10℃，保证了螃蟹可以新鲜存活 10 天。螃蟹根据包装大小标价分别放在六个货仓，按公母和个头大小分层存放活蟹，标价从每只 10 元到 50 元不等。顾客投币后选取相应编号，即可从机身取物口拿到所选螃蟹并且有相应的酱料。自动售蟹机和普通的贩卖机一样，收取硬币和各种面额纸币。商家还承诺若买到死蟹买一赔三。

因为销售价钱低品质又好，这一新兴商业模式很快得到了市场的认可，许多客商慕名前来寻求合作。

成功不走寻常路，凭借给螃蟹“盖房子”“住别墅”，让螃蟹从自动售卖机里“爬”出来等奇思妙想，史团结获得了巨大的商业成功。

一个奇思妙想，仿佛给事业注入了新鲜血液，从而引来大众的目光。

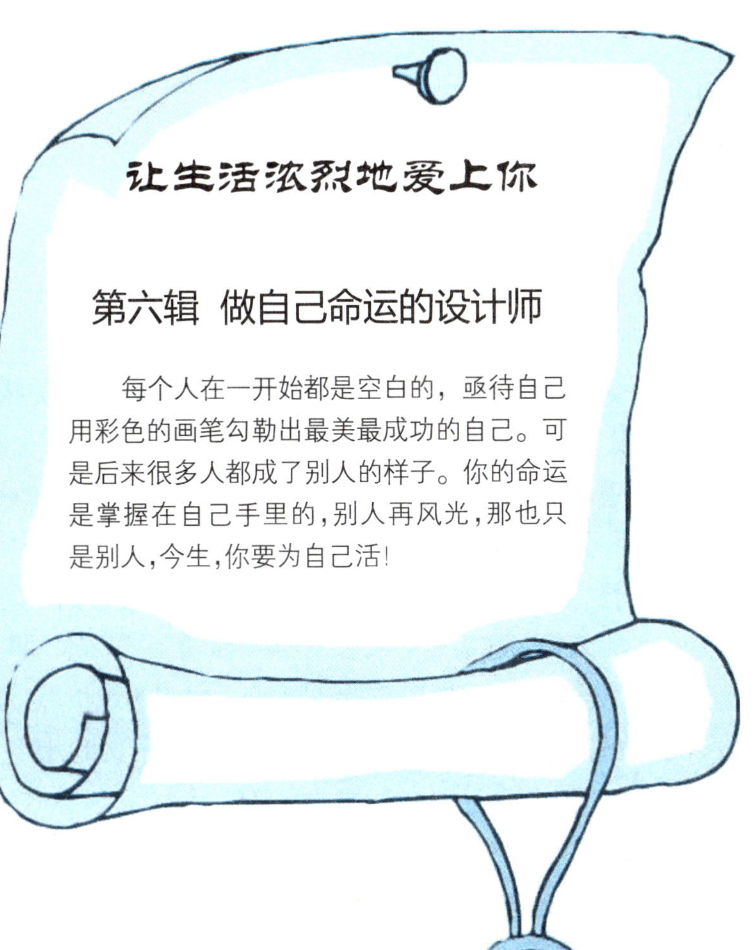

第六辑　做自己命运的设计师

每个人在一开始都是空白的，亟待自己用彩色的画笔勾勒出最美最成功的自己。可是后来很多人都成了别人的样子。你的命运是掌握在自己手里的，别人再风光，那也只是别人，今生，你要为自己活！

让煎饼“卖萌”

李晓燕

人生是花，而爱是花蜜。

——雨果

达瑞克在一家速食店上班，他每天的任务就是为顾客做出美味可口的煎饼。那天傍晚，当达瑞克把客人要的煎饼都做好后坐在角落里休息时，他看见一个小女孩正对着眼前的煎饼哭泣。而她的妈妈坐在她的身旁，看着泪流满面的女儿，一副手足无措的样子。

达瑞克很奇怪，难道是自己制作的煎饼有什么问题吗？他一问才知道原来这位对周遭的一切都兴趣盎然小顾客，唯独对食物不感兴趣。每次吃饭时，无论家人怎么哄，她都只吃一点点。家里的每个人都很为她担心。偶然一次，听小朋友说这里的煎饼很美味，她就吵着要来吃，可到了这里，任凭妈妈怎么劝，她又不想吃了。因为担心，这位妈妈非常焦急。

既然不是自己的煎饼有问题，他就可以不管，可他看那位母亲焦急的样子，他还是决定帮忙想想办法。沉思之即，他看见自己随手放在桌上的那本漫画书，一个好主意闪现在他的头脑中。他对这对母女说了声：“请稍等！”就飞奔进厨房里。

不一会儿，一块与众不同的煎饼被达瑞克端了上来。当达瑞克把热乎乎的煎饼放在小姑娘面前时，小姑娘立即睁大了眼睛，兴奋地喊：“呀，米奇，竟然是米奇！”

原来，业余时间喜欢画卡通漫画的达瑞克为小姑娘制作了一块“米奇”形状的煎饼。栩栩如生的“米奇”一下子就勾起了小姑娘的食欲，擦干眼泪，她大口大口地吃了起来。此时，她的妈妈站在一旁却流下了欣慰的泪水，她握着克瑞克的手，一再表示感谢。

很快，达瑞克会制作“卡通煎饼”的消息就传开了。很多孩子们都被吸引过来。他们兴奋地把自己喜欢的卡通人物的名字告诉达瑞克，而达瑞克也努力满足每一个孩子的愿望，为他们制作出喜欢的“卡通煎饼”。后来许多成年人也加入了进来，他们品尝着达瑞克的煎饼，仿佛自己又回到了快乐的童年。

因为“卡通煎饼”，达瑞克也被大家亲切地称作“煎饼达人”。也因为“卡通煎饼”，达瑞克所工作的速食店营业额大增，达瑞克自然也因此而增加了薪水。

达瑞克的故事告诉我们：其实，善心和温情是潜藏在我们人生中一笔最大的财富！

爱心是一种很奇妙的东西，播撒在哪里，它就会在哪里开花结果。

萧敬腾咋从“恶魔”变“王子”

苗向东

兴趣是最好的老师。

——爱因斯坦

他是第24届金曲奖最佳国语男歌手，也是在小巨蛋开个唱的最年轻的歌手，2013年，他开始担任北京卫视《最美和声》导师。

从星光一班踢馆成名，然后踏上歌唱道路，萧敬腾在娱乐圈的发展可谓顺风顺水。但谁又知道，青少年时期的他相当叛逆，俨然是同学眼中的“恶魔”，父母眼中的“逆子”。

出生在台北市的萧敬腾，从小住在鱼龙混杂的万华区。这里居住的人们大多经济困难，很多小孩从小抽烟喝酒偷窃，萧敬腾交了一些不三不四的朋友。小学三年级他就偷着抽烟，还曾去文具店偷了两把玩具枪，塞在大外套里。那次被老板发现，大喊“站住”，他却只默默交出其中的一把。他学习差，在学校里从来没有受到过老师的表扬。他就开始想歪门邪道来吸引人——耳朵上戴着大大的耳钉，染着五颜六色的头发。这样的结果不但没有引起别人的夸奖，相反让人更加侧目。萧敬腾迷失了，他开始逃课，成了小混混。

于是，同学一见他，一脸嫌恶地皱眉；老师见到他，只是摇摇头，希望他这样的小混混早点离开视线。越是这样，越是把他推到了对立面。他脑袋永远倾斜45度角，看谁不爽，就冲过去打人。

萧敬腾的无恶不作让父母伤透了心。父母经常因为萧敬腾的倒蛋被老师批评，被学校点名。但是又没有一点办法，只好经常到训导处向老师赔不是，代替儿子挨罚站。每当萧敬腾惹了事，父亲便一手拎茶叶，一手拎着水果去跟对方道歉。然而父母为萧敬腾做的一切，不仅没有让他悔改，反而使他变本加厉。他还一度从家里搬出来独自在外居住，只为了"有自己的空间做自己想做的事"。

萧敬腾15岁时，父母无奈之下找来辅导员来教育。辅导员试着将萧敬腾从不良场所拉开，与坏朋友隔开，还陪他说话，想办法进入他的生活。萧敬腾没事打撞球，他就陪他打。就在那时，一张邦乔飞的专辑让萧敬腾迷上了摇滚乐。他本来就很想学音乐，但家中环境不允许。后来，妈妈才同意让他去学打鼓。就这样，青春期源源不绝的愤怒、挫折全部宣泄在隆隆鼓声里。而每次他一打上鼓，心情就非常好。

辅导员看到萧敬腾爱打鼓，同时发现他只有这时才"像个人样"，于是对萧敬腾说："你为什么不把打架的力气用到音乐上？"萧敬腾过去就是有劲没处使，辅导员这么一指点，他突然顿悟了，找到了人生的目标，他当时夸下海口："我21岁要成为明星。"就这样，萧敬腾苦练打鼓，勤学音乐，终于在台湾选秀类节目《超级星光大道》一战成名。到现在成了新一代"摇滚天王"。

每一个孩子都有属于自己的未来，无论怎么叛逆，怎么疯狂，那只是还没有遇见带自己飞的翅膀！

300页以后的故事

顺江

人生在勤，不索何获。

——张衡

他出生在纽约，一家人住在布鲁克林的林登小区，那里是纽约最糟糕的廉租房区，是人们眼中的贫民窟。他的父亲是邮件分拣员，母亲是一家防盗警报公司的接待员，全家人的日子过得紧巴巴的。

作为长子，他7岁开始帮父母做家务，照顾弟弟妹妹。13岁时，他开始想办法赚钱。那年，纽约举办全美篮球赛，他到现场卖苏打饮料。虽然每杯饮料只能赚75美分，且又累又热，但他还是坚持了下来。

他为自己定下的目标是一定要走出布鲁克林。16岁时，他参加了大学入学考试，并成功申请到哈佛的奖学金。初入哈佛，强手如林。他曾彷徨过，但他很快告诫自己：想成功，唯有苦读、努力。

8年后，哈佛法学博士毕业的他成为纽约一家律师事务所的税务律师。他给老板的印象是有胆识、有魄力、有智慧。然而，他对这份工作并不是十分喜欢。没多久，他就染上了赌博的恶习，并且沉醉其中不能自拔，曾经的锐气荡然无存。很快，他得到了律师事务所的一纸解聘书。周围的人也对他抛去了冷眼，他觉得前景一片渺茫……

一天，父亲拿出一本书，对他说："孩子，这是一本传记，你看看前50页的内容吧。"不到一个小时，他就看完了这50页。然后父亲又让他翻到300页看下。此时，父亲问他："书中的人物在自己生命的初期，也就是前50页所描写的内容里，能知道300页以后的故事吗？他当时会知道此书描写到300页的时候他取得成功吗？以后的路谁都无法预测，要不断地使自己往正确的方向走，不要让一时的妥协成为一生妥协的借口。”父亲的话如同醍醐灌顶，让他幡然醒悟。

振作起来的他最终进入一家名为J.Aron的大宗商品交易公司做销售员，负责应对精明的交易者。很快，他就被晋升为金牌销售员。这时，发现自己兴趣和专长的他意气风发。

后来，J.Aron被高盛并购，他成了高盛的员工，并且在J.Aron公司并入高盛后的业务调整中起到了不容忽视的作用。他掌管的高盛支柱部门——固定收益商品部创造了高达1270万美元的收益。凭着一连串赫赫战绩，他在2003年12月成为高盛总裁兼首席运营官。2006年，他走上高盛集团的最高位置，他就是被誉为“华尔街最聪明的CEO”的劳尔德·贝兰克梵。

每个人都会遇到人生的低谷，在困境面前难免会有一时的摇摆和一丝的妥协。但是，困难是暂时的，妥协也是一时的，人生的精彩也许就在你传记的300页以后。只有将妥协踩在脚下，转向正确的道路，一步一个脚印，才会走出自己浓墨重彩的未来。

是啊，谁都不能知道以后的路，更不会知道未来的自己是什么样子。唯有努力，唯有不断超越自己，我们才会遇到那个最好的自己！

相信自己是最好的

林玉椿

天生我材必有用。

——李白

李小龙在美国时一直怀才不遇，但他从未感到消沉，他一直坚定地对自己，也对别人说："我是最优秀的武术家，总有一天我会出人头地！等着瞧吧！"

在美国，李小龙的中国功夫打遍天下无敌手，他进军好莱坞之后，曾扮演过好几部影视剧的角色，但由于当时华人在美国没有地位，他只能在里面演配角、反角。为此，李小龙很不甘心，因为他觉得自己有实力，不应该隐没在不起眼的角落里。后来，他一手策划了一部表现中国功夫的影片《无音箫》，准备自己担任主角。正当他对这部影片充满期待的时候，华纳兄弟公司却决定放弃此片。

尽管满怀失望与沮丧，但这并没有让李小龙对自己的能力产生任何怀疑，只是他看清楚了这样一个现实：在这样的时代背景下，华人在美国没有地位，华人在西方影坛的发展也会深受阻碍。无论自己在影片中表现如何出色，好莱坞都不会轻易给自己机会。正所谓"良禽择木而栖"，与其在这里等着渺茫的希望，还不如转回香港发展。

在李小龙的心目中自己是最优秀的，理应在实力最雄厚的公司的麾下施展才华。当时香港最大最有实力的电影公司就是邵氏兄弟公司，邵逸夫开始时确实也对李小龙很感兴趣，然而当李小龙开出自己的条件时，邵逸夫立刻表现得冷淡起来。李小龙开出的条件是：主演一部影片的片酬是1万美元；拍摄时间限定在60天内；必须有自己满意的剧本，否则不拍。

显然,李小龙认为自己的优秀完全值这个价(当时这个片酬在好莱坞只是很一般的片酬标准,但对于香港来说,却是很高的了),而且既然自己是“最优秀的武术家”,那就应该演出最好的影片,那些自己不满意的剧本就不应该出演。

然而,邵逸夫那时并没有看出李小龙的巨大价值,对李小龙的“苛刻”要求非常不屑:“开什么玩笑,我手下那帮年轻漂亮的女明星,一个月才 600 港币。他不就是一个教人打拳的武师吗? 邵氏 300 元一个月的武师有一大把! 一个从来没有演过主角的武师,我出几千港币让你来试演,够抬举你了。”于是,邵逸夫让人转告李小龙:片酬只能是港币 3000~9000 元,拍摄时间不能限定。

邵氏的轻慢态度换来的是李小龙这样的回答:“No! ”

虽然屡受挫折,但李小龙仍然对自己,也对别人说:“我是最好的,我是最优秀的! 总有一天,我的伯乐会出现,那时我会让全世界都感到惊讶! ”

很快,李小龙的“伯乐”果然出现了——他就是邵氏的对手“嘉禾”。那时的嘉禾公司正处于困境中,他们极度缺乏人才和成功的电影。邵氏“店大欺客”的事情传到嘉禾后,嘉禾的掌门人邹文怀立刻决定用诚意来打动李小龙。他先让嘉禾的导演罗维的太太刘亮华代表自己登门拜访李小龙,然后表明了自己对李小龙发自内心的欣赏。那时,嘉禾尽管资金非常困难,却开出了 7500 美元的片酬给李小龙,并承诺对于其他条件,他们将会尽最大努力去满足。嘉禾如此的诚意让李小龙非常感动,于是他决定跟嘉禾签约。

其间,李小龙通过电话跟邹文怀对话时,他将香港武侠片的功夫贬得一无是处,“虚假得很”,“香港的武星没有一个会武功”,“有本事就表演真功夫”……后来,李小龙和邹文怀见面时的第一句话就是:“你等着瞧吧,我会成为全世界最伟大的武打明星! ”

李小龙的“狂妄自大”并不是没来由的,因为他对自己的功夫精益求精,对自己的演技精益求精,对剧本的要求也是精益求精。因此,他完全有理由相信自己是最好的,是最优秀的,自己主演的影片也会是最卖座的。

后来的事实证明，李小龙的确是个天才。他主演的第一部影片《唐山大兄》就立刻让全世界感到震惊。影片上映不到三个星期，就大破港产片纪录，随后在台湾、澳门、新加坡等华语电影市场，也很快打破了当地影片的票房纪录。凭借“李小龙旋风”，嘉禾一下子从生死存亡的边缘成为一家颇有实力的电影公司，这令邵逸夫懊悔不已。接下来，李小龙主演的《精武门》令全世界的影迷感到疯狂。在香港，影片上映仅两个星期，票房就突然了400万元；在新加坡，成千上万的影迷涌向电影院，造成严重的交通堵塞，当局不得不宣布《精武门》停映一个星期；在菲律宾，《精武门》连续上映六个月久盛不衰，打破了菲律宾所有影片的纪录；在美国，甚至在日本，这部电影也引起了巨大轰动……

相信自己是最好的，李小龙便果真做到了“最好”。

其实，一个人的信心来自自己的实力，同时信心又会反过来激励自己去增强实力。相信自己能够成为最优秀的人，你便会在无形中有了这样的目标：我一定要做到最优秀！那么，你就很有可能做到最优秀。

自信是一种态度，是不服输的态度。对自己不满意才会对自己有苛求，从而无限地发展自己的潜能。只要永不言弃，你一定可以做到极致。

做自己命运的设计师

李红都

从事一项事情，先要决定志向，志向决定之后就要全力以赴毫不犹豫地去实行。

——富兰克林

高中还未毕业，一贫如洗的家便已无力继续供他读书，懂事的他背着父母大哭一场，放弃了考大学的梦想。肄业后，他在家人的建议下依托家门口的关林服装集贸市场做起了服装生意。

进货时一路风尘的劳累，寒冬酷暑中守摊的疲惫，让年轻的他深切地感受到了做生意的不易。两年后，关林镇的服装业开始走下坡路，很多摊主转让了摊位，另谋出路。有人劝他做生意太辛苦，弄不好，还会赔钱，干脆你也转行吧。他犹豫了，是啊，创业真的挺辛苦，要不，也把摊位转让了，出去打工吧……

他开始将把剩余的服装压低价格以尽快出售，同时四处打听，寻找适合自己的用工信息。

那天，一位已考上大学设计系的朋友来家里做客，几杯酒下肚，他忍不住将生意不顺，想转让摊位出去打工的想法说了出来，然后半开玩笑半认真地说：“你是搞设计的，帮我设计一下未来吧？”

朋友说：“为什么要把命运交给别人设计呢，你应该做自己命运的设计师。你未来要做什么样的人，过什么样的生活，选择哪一行，应该自己来决定。别让眼前的困难迷住了登高远望的双眼，机遇有时恰恰就隐藏在危机里。”

一语惊醒梦中人！对呀，为什么自己就不能把握住自己的命运呢？懦弱无能，这不应该是他的个性。反复思考，感到还是做已熟悉的服装生意更适合自己。他开始调整思路，设计自己的未来。

第二天，他便亲自跑市场，进行考察。他发现市场卖女装的供大于求，而男裤的发展空间则很大。之后，他调整定位，集中火力，做男裤代理。调整定位后，他很快就收回了成本，开始赢利。

正当他踌躇满志地要将男裤生意做强做大时，一场突发的事件几乎将他打垮。

那年的冬天特别冷，他到县里进货顶着寒风跑了一整天，回来后把三轮车停在院子里，便进屋吃饭去了。晚上，忙着清点账目，忘了货款和营业执照都放在院里的三轮车上没收进来……就是那一晚，灾难不期而至。

一夜醒来，货款不见了。他像被人当头猛击一棒似的，腿一软，瘫坐在冰冷的地上。要知道，那两万元的货款还是赊欠县里一个裤子企业的呀，这可怎么办呀！看着空荡荡的院子，他欲哭无泪。

冷静下来后，他强打精神找到那个裤子企业的老板说出了货款被偷的事实。为了尽可能地减少损失，他把家里仅有的几千元钱全部拿了出来，先还了一部分货款，然后以自己的人格担保，承诺剩余的货款一定会陆续还上。

他的真诚感动了那位裤子企业的老板，老板答应让他一直做他们的裤业销售。

因祸得福。那场意外没有打垮他，反而使他和那位老板成了最好的合作伙伴。他的裤业生意做得越发风生水起。

随后，他用从裤业生意当中淘到的第一桶金创建起自己的企业。有了自己的企业后，他依然很辛苦，有时每天仅睡三个小时，吃两顿饭，但在他看来，这不叫辛苦，而是充实。有人说他是工作狂，每天那么忙碌是在透支生命，他却说：“我不是工作狂，我是设计师，我在努力设计自己的未来。我也不认为这样是在透支生命,我觉得是在锻炼意志和能力。”

正是凭着这种意志和毅力,他一步一步地将裤业生意做大,最终建成了一个年产量 130 万件的规模化现代服装企业,完成了从 800 元摆地摊起家的小商贩到拥有占地面积 28000 平方米、员工 1000 余人的现代化花园式企业董事长的蝶变。他就是洛阳浩洋服饰有限公司的董事长司马杰。

有人向他请教成功的秘诀,他说:“我不觉得成功还需要什么秘诀,如果说有,那就是我听进了朋友的建议,没把命运交给别人,而是自己想办法设计好自己的命运。”

每个人在一开始都是空白的,亟待自己用彩色的画笔勾勒出最美最成功的自己。可是后来很多人都成了别人的样子。你的命运是掌握在自己手里的,别人再风光,那也只是别人,今生,你要为自己活!

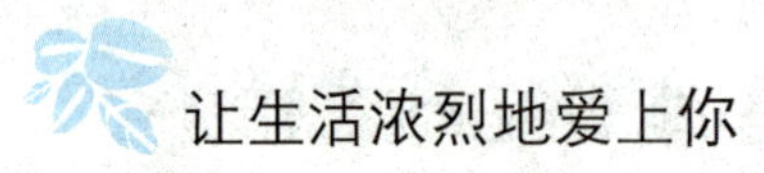

杨澜的“加减人生”

李良旭

守其初心，始终不变。

——苏轼

央视著名主持人杨澜在一次访谈节目中，笑着把自己的人生比喻为“加减人生”。杨澜的一番话让大家眼睛一亮，充满了好奇和想象：加减人生，究竟是一种怎样的加减呢？

杨澜说：“在我的职业生涯前15年，我一直在做加法。做了主持人，我就又要求自己做导演；做了导演，我又开始写台词；写了台词，我又想做编辑；做了编辑，我又想做制片人。做了制片人，又想，我能不能同时负责几个节目？这样发展才会更全面。负责了几个节目之后，我就又想，能不能办个人频道？

就这样，自己一直在做加法，把自己的人生一直往上加高、加高、再加高，从不曾停顿，一直加到阳光卫视。

人们常说，杨澜真是一个成功人士，会那么多东西。并把我当作个榜样和偶像。人们的关注和期望，无形中，使我有了一种压力和动力，我更加用力地做着加法。

有一天，当我站在高高的塔尖，蓦然回首，我忽然发现，我错了，我把加法全做错了。再这样无穷尽地加下去，恐怕自己是谁都认不识了。

人生中，我不可能什么都抓住。别人的优势，对我来说，也许并不是一种强项。优势不可能十全十美。你的比较优势可能只有一项或两项，只有把一项或两项做好，你的加法就算加对了。

于是我想，我应该做减法了。学会做好人生的减法，更是一种人生的智慧和

聪明。因为我觉得自己需要一种平衡的生活，我不能再做这样只会疯狂地做加法的人。我把自己定位于：一个懂得市场市场规律的文化人，一个懂得和世界交流的文化人。”

杨澜深情地说道：“在做好主持人工作的同时，我希望能够从事更多的社会公益方面的活动。认准一两个目标，把事情做好、做精、做透，才是最真实的自己。人啊，这一辈子你可以不成功，但是不能不成长。把一两个目标做精、做好，就是一种成长。”

杨澜从最初希望自己成为一个全才，到只认准一两件事，是经历了一系列失败和教训总结出来的一种人生醒悟和认识。这种醒悟和认识，给人带来一种清风扑面的感觉，丝丝缕缕，沁入心田。

面对人们对她在1997年将自己出版的新书《凭海临风》的20万元稿费捐给希望工程之后，又以工作经费名义领走了同样数额的费用的质疑，杨澜通过微博澄清之后，质疑声音仍不断。有记者问她这场风波对她是否有影响。

杨澜说：“如果要说没有那是假的，但是做公益事业出乎本心，坦然得很。今后我还要继续做公益，管它八面来，我只一面去。公益事业是我人生最大的一个目标，这个目标永远不会改变，我只会把它做得更好。这是一道加法，永远不会减去。”

杨澜的“加减人生”，使我们看到了一个成熟、睿智的杨澜。她在加减中，加出一个真实、可爱的杨澜，减来一个简约、温婉的杨澜。她就像一个大姐一样，是那么亲切、熟悉，散发出俗世里的烟火气，一点也不感到陌生和遥远。

一个人的精力、时间都是有限的，不可能把什么事情都干得完满。一味地贪多，不仅是对自己认识不足，还有可能什么事情都无法干好。所以人生的意义不在于多而在于精，选择你自信的，拿得出手的东西，一直坚持下去，你就已经成功了！

蒋方舟的梦想

旭旭

人类也需要梦想者，这种人醉心于一种事业的大公无私的发展，因而不能注意自身的物质利益。

——居里夫人

被誉为“80后”的青年美女作家蒋方舟，从七岁就开始写作，九岁写成散文集《打开天窗》，在由《人民文学》主办的第七届人民文学奖中，获得散文一等奖。十一岁写成长篇小说《正在发育》，引起社会各界广泛争议和讨论，并在台湾地区出版繁体版本。此书出版，引起台湾媒体的一片惊呼，称其为：“早熟的苹果”。2008年，蒋方舟被清华大学自主招生提前录取，再度成为社会所关注的焦点人物。

3月的清华园已是垂柳依依，姹紫嫣红。在美丽的清华大学校园里，蒋方舟接受了媒体记者的采访。当记者请她谈谈自己的梦想时，蒋方舟的目光中顿时溢满了一种无限的憧憬和渴望。

蒋方舟沉吟了片刻，嫣然一笑道：“梦想再可笑，也胜过没有。能有梦想，也需要天赋。我是个理想主义者，当大家对现实的丑恶龌龊、体制与潜规则已经习以为常的时候，我还是保持着震惊和不适。”蒋方舟的震惊和不适，使我们感到她的清纯和简单，一点也不世故和圆滑，一下子拉近了彼此间的距离。无论尘世间如何改变，人们内心渴望的还是一种清纯和简单，这一点并没有改变。

蒋方舟用一种无奈和沮丧的语气说道：“我现在觉得距离梦想越来越远了。大概在去年，爸爸对我说，‘孩子，你在北京买个房子吧，这样我们的心也就放下了。’我当时听了感到特别地不可思议。我想，这样下去，我大概就成了芸芸众生了，生活的很多可能性就被这个东西剥夺了。过了一段时间，爸爸又对我说，‘孩子，等房价一降下来，你就买个房子。’在父亲的催促下，我就真的在看周边的房价了。那一刻，我感到那种特别特别明显的无力感。”

蒋方舟的眸子里溢满了一缕柔软，她深情地说道：“我原来的梦想是当大师，但渐渐地觉得当大师不是主观能够决定的了，所以我也就在某种程度上识时务了吧。但我的奋斗绝对不是一个房子，我的奋斗是想在写作之外，有能够让我逃遁的一个领域，默默地干，它不一定是学术的东西。那样我就不用整天面对一些社会问题或话题了。”

蒋方舟说道：“我就是我，我是唯一。‘殊途同归’，是一种梦想，特立独行，也是一种梦想。只有这样，才构成了我们这万千世界，芸芸众生。”

蒋方舟的梦想，让人精神为之一震，并有了一种深深的回味和思考。

每一个人都不要简单地去为了一座房子活着，物质真的只是一方面而已，人生何其短暂，趁着年轻，我们应当问问自己内心到底想要什么。

一个把中国展现给世界的“95后”

雪炘

赤心事上，忧国如家。

——韩愈

在大山里，少年种下梦想

林语堂好动、叛逆，喜欢动脑筋，性格散漫，提倡闲适的生活。这真是个名副其实的“90后”，如果再准确点儿，就是“95后”。只是，那是19世纪的事情，他的生日是1895年10月10日。

他父亲是福建闽南一个小村庄的乡村牧师，为人和善、正直，受到乡亲们的拥护。虽然如此，家里依然很穷。他出生时，父亲由感冒转成了肺炎，没人帮母亲叫产婆。好在他前面已有两个姐姐，四个哥哥，母亲是有经验的。

尽管他调皮得连出生都要赶在节骨眼上，但父亲很疼爱他，并给他取名为和乐，希望他和和乐乐地生活。

当时因为甲午战争，中国被迫签订《马关条约》，慈禧连滚带爬逃往西安。但他的家乡依旧青山绿水，盆地土壤肥沃，乔木四季常青，花果月月应景。每天清晨，门口的古井旁边，女孩子的洗菜嬉戏声，将他拉进一天的玩耍中。

他是个精力充沛的孩子。

每天漫山遍野滚爬，累了，就躺在地上看变幻无穷的云彩，嘴里念着它的样子——黄牛、鸡毛狗、嫦娥，可是又希望它是母亲做的卷饼……于是，不知不觉，口水流了一地。

他喜欢和小伙伴比赛爬树，摘果子吃，看谁摘得又快又多；他总是从教堂和牧师住宅之间的空隙里侧身摸过去，然后从另一端的屋顶上滑下来；他常常看着山巅上的缺口，问周围的老人，如果这真的是神仙路过踩的，那神仙是什么样子，他怎么踩的？

人们都怕这个好奇心重的孩子。

他始终热爱家乡的四面环山，怪石嶙峋，可他也无时无刻不在想，山的那边到底是什么。

10 岁那年，他要转学到厦门鼓浪屿的教会学校去读书，于是三哥带他第一次走出大山。坐在乌篷船上，穿越竹林，夜幕笼罩，箫声四起。他睁大眼睛，尽情享受着良辰美景，将它镌刻在心底。

一年之后，他归家，父亲的私塾也开张了。每天清晨，父亲带孩子读四书五经、中外典籍，和乐总要闹出小乱子。大姐叫他“魔鬼撒旦”或者“魔鬼撒旦的儿子”，他总从后面偷袭她，两人闹得更欢。

他和二姐关系最好。

对于调皮的他，父母都无计可施，二姐软硬兼施的方法往往奏效。

二姐清秀可人，人聪明，又爱读书。姐弟俩读了《福尔摩斯传》《三个枪手》后，对里面惊险刺激的情节念念不忘，开始自己编写故事。

母亲是他们最初的听众。

和乐把自己的侦探小说讲得绘声绘色，母亲还以为是哪部西方大作，不停地问，后来呢？后来呢？见此情形，他编得更起劲。每天一更新，充满玄妙的逃亡与冒险，让母亲很是快活。

可惜二姐是个姑娘，终究是要嫁人的。虽然父亲没有封建思想，但供男孩读书都很困难，何况她已经是 22 岁的大龄剩女了。

几经思想斗争，她含泪嫁人。出嫁前一天，将和乐拉到僻静处，强忍着泪水塞给他 4 角钱：“和乐，我们很穷，姐姐不能多给你了。你要好好念书，不要糟蹋这个好机会。要做个好人，做个有用的人，做个有名气的人。这是姐姐对你的希望。”

后来，她死于鼠疫，他背起她的夙愿。

在爱情里，他们都没有选择爱情

从鼓浪屿教会学校毕业，他来到厦门寻源书院，随后考上上海圣约翰大学。

那年，他 17 岁，改名为林语堂。

第一年暑假回去，他急切约见了初恋女友，她叫赖柏英。她的笑如湖水清澈，赤脚在阳光下奔跑，开出一个灿烂的春天。两人两小无猜，青梅竹马，一起下河捉鱼捉虾。她赤脚奔跑，他笑着追逐，多想成为她脚下的泥土。

最让他难忘的是她在头上插枝菊花，就能让蝴蝶停在她头上。

他以为这就是此生相伴的人，可是当他决定要带她出国的时候，她却退缩了。

她外公瘫痪在床，需要她时刻照顾，她不能离开。他要出去看看不一样的世界，完成姐姐的重托，他不能留下来。

爱情和孝道，她做了自己的选择。

爱情和梦想，他做了自己的选择。

只是，他们都没有选择爱情。

回到学校，已经是大学二年级，他用丰富的校园生活冲淡伤痛。连续四次，领取不同的奖牌，这是在圣约翰大学史上从来没有过的。

他成为众人皆知的校草，成为隔壁圣玛丽女校的闺中话题。

然而，于他来说，最好的事是认识了陈锦端，两人陷入热恋。她是他同学的妹妹，用他的话说就是她生得确是奇美无比。她父亲是归国名医陈天恩，而他只是牧师的儿子，自然不成。

他们爱得太冷清，如果一定要选择爱情，结果会不会就完全不同？

陈父不给他们回想的余地。他对林语堂说："隔壁廖家二小姐聪明又贤惠，我可以帮你做媒。"

林语堂感到莫大的耻辱，就算陈锦端不要他，她父亲也不需要急着把他推给隔壁姑娘啊。

他回到家里，扑在母亲怀里哇哇大哭，搞得父母莫名其妙。母亲叫来他大姐，问清原委，并给予开导和教育。

廖家二小姐就是廖翠凤，父亲是开钱庄的，在当时很有名望。

林语堂不想拂陈天恩的面子，却没心思真去相亲，宴席上只和廖家少爷们推杯换盏。

廖翠凤对他早有耳闻，今日一见，果真相貌堂堂。他身体健壮，说起话来神采飞扬，一副舍我其谁的样子。她躲在帘子后面，仔细端详，只见他几口就扒一碗饭，不停地盛饭，却依然镇定自若，仿佛理所应当。

她嘴角掩不住笑意。

廖母不看好这桩婚事，跟女儿说，他是牧师的儿子，家里没有钱的。

廖翠凤却坚定地说："穷有什么关系？"

这句话让林语堂决定娶她为妻，两人很快定了亲。

定亲四年后，他以各种理由不结婚，其实还是放不下陈锦端。后来要出国留学的时候，才在双方父母的催促下，将 24 岁的廖翠凤娶回家。

他心里明白，既然娶了她，就要负责到底。于是，他烧掉了婚书，因为它只有离婚才用得上。

两人从此踏上美国之行。

在生活里，他一举成名天下知

24 岁，他赴美国哈佛大学读文学系，第一学期结束时，以全 A 的成绩通过了考试。系主任觉得像他这么聪明的人，只要到德国的殷内大学修一门莎士比亚课，就可以拿到硕士文凭。

有文凭总是好的。

可是，就在这时候，半公费奖学金突然取消了。原来是清华在美的监督，拿着留学生津贴为自己投资，结果失败了，自己也自杀了。

本来就东拼西凑过日子的小夫妻，顿时陷入窘境，林语堂不得不到处找工作。

在殷内大学读了一个学期后，他拿到哈佛文学硕士学位，又转赴德国人莱比锡大学，专攻语言学。

婚后四年，廖翠凤终于怀孕，两人分外开心。她说，要回国生，不让孩子成为德国人。他也同意，用短短几个月修完剩余课程，带着博士学位回国。

回国后，他先回乡祭祖，再次想起二姐说的话。等妻子坐完月子，举家来到北京，他任北京大学教授、北京女子师范大学教务长和英文系主任。

中国正处于文化时代大潮中，新旧交替，硝烟弥漫。新派分为两大阵营，一是以鉴定中国现代小说的鲁迅和周作人为主，一是以举着文学革命大旗的胡适为主。

大家，包括他自己都以为他会和胡适为伍，可是后来，他却和周氏兄弟越走越近。

29 岁那年，《语丝》创刊，成为周氏一派发表意见的园地。胡适也创办了《现代评论》，徐志摩、沈从文、丁西林等也有文学创作在此刊发表。从此，中国文学史上就有了著名的两派，丝语派和现代评论派。

两派如同不相与谋的战士，都对彼此不顺眼，每每在自己的杂志上发表文章对战。让两派全面开火的是“女师大”风潮，双方主力军都冲锋陷阵。最让林语堂引以为豪的是他发挥早年苦练的棒球技术，用石子砸当局雇来的流氓的脑门，又准又狠，掀起一阵热潮。

这时，妻子正怀二胎。

二女儿降生，他在一次次的风潮中，已斗得头破血流。他接受了厦门大学的聘书，拉上鲁迅等人，想把厦门大学做成第二个北大。

可是，系主任怕他夺位，扣压所有经费，连住的地方都难以满足。鲁迅忍无可忍，决定去广州大学。他也拖家带口，经武汉折到上海，并誓言决不做政治家。

39 岁那年，他在几年富足的生活后，再次陷入困境。因为提倡幽默，鲁迅和他绝交，他也早晚被人骂。

赛珍珠来到上海，她是诺贝尔文学奖得主，对中国文化颇感兴趣。她鼓励林语堂写一本关于中国的书，解除世界上对中国的误解，并催他马上动笔。

不惑之年，《吾国与吾民》在美国出版，立即引起轰动。四个月重印七次，登上畅销书榜，他在西方世界出名了。

时间长了，很多人说，他是靠卖国出名赚钱的，你看《My Country and My People》就是“卖国家和卖人民”嘛！

他倒无所谓，主要是妻女不堪其扰，所以举家到美国避风头。他下船后，又会见了赛珍珠和她丈夫，根据其意见，开始着笔于《生活的艺术》。

这本书是他 42 岁开始写的，写到一半，他越看越不满意，索性烧掉所有书稿。1937 年 5 月 3 日重新开始，7 月底交了 500 页书稿，12 月被美国“每月读书会”特别推荐。

他于世界一举成名。

无论多少次深陷误解的困境，却始终不会改变他的真性情和对祖国的无限热爱。这便是一个伟人给我们做的表率。

用二十载铸造传奇

张云广

人类要在竞争中求生存，更要奋斗。

——孙中山

在中国乃至世界乒坛史上谁是在最短时间内收获世乒赛、世界杯和奥运会男子单打金牌大满贯的风云人物？

答案当然是乒坛新贵张继科。1988年出生的张继科赢得大满贯历时一年零三个月，但他的乒乓球之路却可以追溯到二十年前。

1992年，年仅四岁的张继科就挥动着稚嫩的臂膀画出坚定的弧线，开始了自己的乒乓球之路。为了儿子的前程计，他的父亲，身为乒乓球教练的张传铭毅然把仅有的两间居室中的一个大房间腾出来当作训练场地。由于那时候的张继科年纪小、身高不足，张传铭就让他站在垫高的木板上学习打球。

赢在起点。这个起点就已经具备了正规训练的性质而全无业余的色彩。张继科的父亲每天都为儿子制订了严格而科学的训练计划，必须完成要求后方可结束，而且一年之内除去大年初一这一日外几乎每天都是如此。值得一提的是，小继科总能从枯燥反复的训练中找到乐趣，乒乓球已经注定是他人生中不可或缺的一个重要组成部分。

为了与张继科不断提升的球技水平相匹配，训练场所由居室转移到了一个更高的平台——青岛第二体育场，张继科也因此进入了一个新的发展机遇期。

在此期间，每日父亲下班后都会带着放学的他来这里训练，虽然是“编外人员”，张继科的训练量并不比正规的体校运动员小。父子二人虽然偶有龃龉，但张继科对乒乓球本身热度不减，也从不抱怨。在父亲一如既往的高标准、严要求下，视乒乓球为第二生命并为之倾注全力的张继科的球技与日俱增，获得的奖项也接连不断。七岁开始参加青岛市比赛，除去第一年外每次参赛都是第一名。到十岁左右时，张继科已经具备了打赢父亲的实力。

热爱是最强的动力，成绩是最好的激励。信心越来越满、前进势头不减的张继科十二岁入选山东省队，十五岁入选国家一队。在乒乓球领域远超同龄人的不俗作为让他这一程走来可谓顺风顺水。

人无豪情枉少年。刚进国家队时的张继科就表现出了他不同寻常的青春锐气。当被问及人生第一目标时，张继科毫无掩饰地亮出了自己的凌云壮志——拿到奥运冠军。他是当年进入国家队的人中唯一一个这样作答的人。支撑他的是扎实的功底、勤奋的品质和勇于争先的笑傲情怀。

2008 年 11 月全国乒乓球锦标赛，一路过关斩将、冲劲十足的张继科拿到了人生中的第一个单打全国冠军，这在向来都不乏乒坛高手的中国队而言无疑是一件很了不起的事情。2011 年 5 月，荷兰鹿特丹第五十一届世兵赛，他又取得质的突破，收获了属于自己职业生涯中的第一枚男单世界冠军，至今球迷们还记得他当时获胜后撕裂衣服、赤裸上身庆祝自己夺冠的豪迈情景，这一情景也将永载乒坛史册。而他也的确属于技巧兼力量并重型的乒坛高手，这在以重技巧为核心理念的乒乓球界是不多见的。无所畏惧、迅猛出击是其打球的一大风格，一如其性格。对此，刘国梁主教练有过一个精妙的比喻：不管遇到老虎还是豹子都不会后退的小藏獒。

张继科堪称乒乓球队体质最佳的运动员，这在很大程度上得益于他年幼时的训练。在他很小的时候他的父亲为其制订的训练大纲中就包含了力量科目的训练内容，如练蛙跳、跨跳、单腿跳以及跑步等，这些为其体魄之强健打下了很好的基础。“要是完成不了训练计划、没有让我满意，我肯定要给他补课、加时，做身体训练、蹦楼梯。还有我骑摩托车，他要跑到我前面去。”回忆这段往事时，他的父亲如是说。

更可贵的是，他不仅身强，而且心强。小时候的张继科就已经是一个有心人了，他喜欢模仿并钻研一些优秀运动员的打球技术，反复尝试直至掌握并择其精华融合成自己球技的一部分为止，这让他的球感越来越好，打出的球也越来越给力。

2011 年 11 月，巴黎世界杯，张继科再次成为男子单打的世界冠军。北京时间 2012 年 8 月 2 日 22 点 30 分，伦敦奥运会乒乓球男子单打冠军争夺战打响。最终，少壮派张继科以 4：1 战胜了资深实力派队友王皓，成为该项目的新科奥运冠军。取胜后的他跑到冠军领奖台深情一吻，以这一特别的方式宣告自己九年前的宏愿终于变成了现实。

2013 年 5 月 20 日，巴黎世乒赛男单决赛中，张继科以 4：2 战胜队友王皓，卫冕成功。

回首一路征程，张继科的辉煌背后固然离不开他人的培育和指导，但他身上那种敢说敢拼、敢付出、敢坚持、敢挑战和敢做最优秀自己的“小藏獒”精神无疑为他的成功提供了巨大而持久的推力。正是这一“精神发动机”的高效运转，让他积蓄出登临一个个越来越高的荣誉之峰的能量，于是我们看到了张继科用二十载铸造的一个乒坛传奇。

十年磨一剑。二十年出了一个乒坛传奇。我们每个人都是一把需要等待打磨的剑，在锻造过程中出现的各种可能，成就了今天各种各样的我们。你能走多高，完全看你自己！

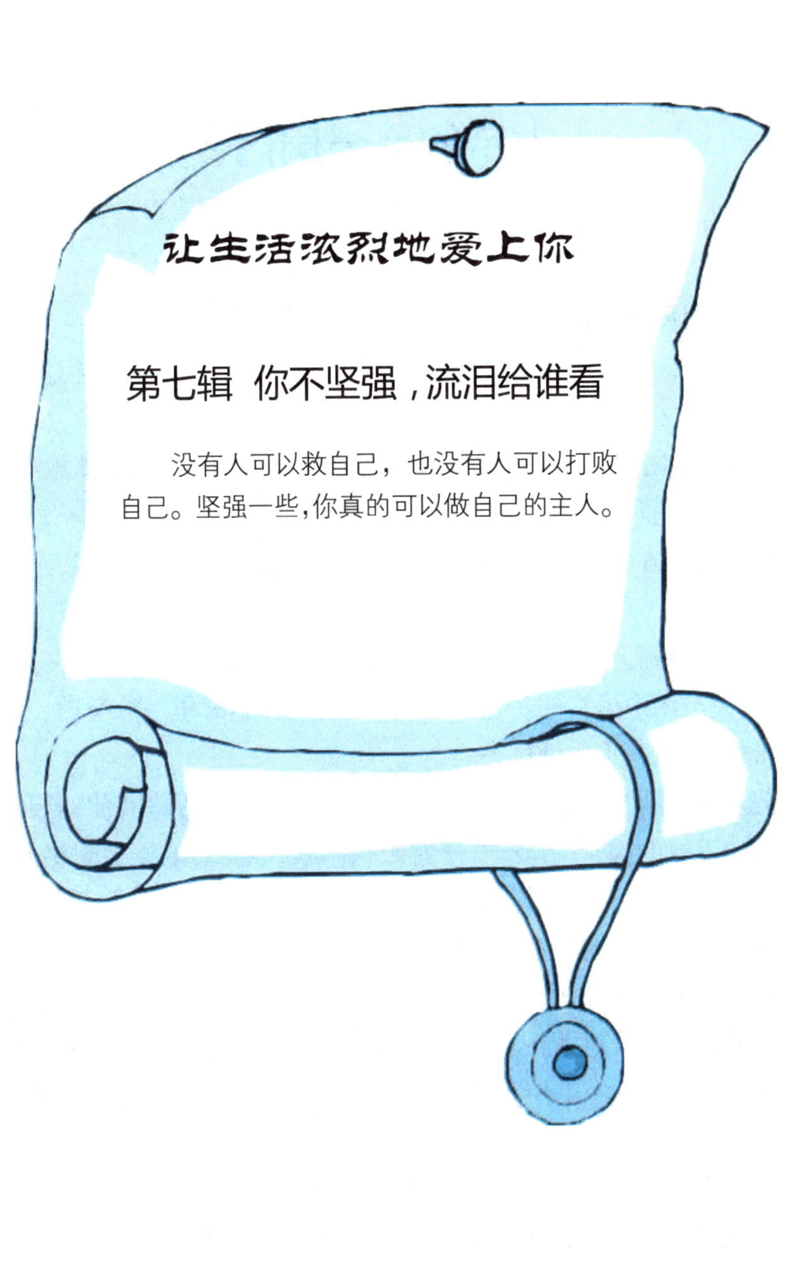

让生活浓烈地爱上你

第七辑 你不坚强，流泪给谁看

没有人可以救自己，也没有人可以打败自己。坚强一些，你真的可以做自己的主人。

上帝的另一扇门

文小圣

当苦难来访时，有些人跟着一飞冲天，也有些人因之倒地不起。

——列夫·托尔斯泰

他出生在苏格兰一个普通的牧师家庭，从小热爱橄榄球，梦想有一天能成为一名优秀的职业运动员。

然而，在他 16 岁那年，一场突如其来的灾难彻底粉碎了他成为运动员的梦想。

那天，他兴致勃勃地去参加一场学校里的期末橄榄球比赛。在这场激烈的比赛中，他被踢中了头部。顿时，他感觉头一震，脑海里一片空白，左眼有巨烈的疼痛感，使他几乎昏厥过去。

他被老师和同学们送到了医院。在痛楚与忐忑中等待的他，竟迎来了一个让他心如刀绞的检查结果——左眼视网膜脱落。尽管医生想尽办法挽救他的左眼视力，并先后进行了三次手术，但都以失败告终。医生不得不无奈地向他宣布：从今以后，他的左眼将彻底失明。

他躺在漆黑的医院病房里，感到无尽的悲哀。因为他再也不能像以前那样在橄榄球场上尽情地驰骋了，再也不能像正常人那样拥有完整的视觉了，即使在阅读时，他也不得不经常停下来休息一下，以保证自己的右眼不那么疲惫。

这时的他消沉至极，人生的一切似乎对他都没有了意义。他把自己关在家里，哪里都不想去，什么也不愿做，颓然地过着每一天。

看到他如此难过，他的父亲感到无比痛心。经过一阵深思熟虑后，他的父亲决定专门做一次关于“我们需要视力”的布道。布道的那一天，他拗不过父亲的再三恳求，去参加了那场布道。

在布道中，他的父亲对人们说：“失明无疑是人生中最令人痛心的残障之一。那些被剥夺视力的人失去了太多的东西。”

听了父亲的话后，他感到更加悲哀了。然而布道完之后，父亲却拍了拍他的肩膀，对他说：“孩子，不过你比别人幸运，起码你还有一只健康的右眼。离开橄榄球场，对于你来说，也许并不是一件坏事，这样可以使你对你的另一份追求更加专注。你不是喜欢政治吗？孩子，你要记住，上帝每对你关上一扇门，必然会为你打开另一扇门。只要你不对自己丧失信心，上帝就不会遗弃你，你会成为上帝的宠儿。”

父亲的话使他心里感到豁然开朗。是啊，我还拥有其他许多美好的东西，为什么要为一些失去并且不再回来的东西而耿耿于怀呢？只要自己选择坚强，上帝的另一扇门将对自己永远敞开！

从此，他重新走出家门，重新回到学校，努力读书，并专注于政治。24 岁时，他发表了自己所谓的“苏格兰红皮书”，俨然以英国首相的口气对苏格兰的状况进行分析。

后来，他在爱丁堡大学获得了博士学位。

再后来，他进入政坛，并迅速在政坛中脱颖而出。46 岁时，他当上了英国的财政大臣，并成为英国历史上任期最长的财政大臣。56 岁，他接替布莱尔成为英国第 52 任首相。

这位优秀的政治家就是戈登·布朗。

当那些反对派借他的盲眼嘲笑他、攻击他时，他是这么回应的：“我的左眼是上帝为我蒙上的，就是希望我能专注于我毕生的事业，专注于我的目标，执着向前！”

上帝为他关上一扇门，正是为了让他毫不犹豫地走向另一扇门。

上帝为你关了一扇门，却给你打开了一扇窗。关键在于你是不是去善于发掘这些优点，并不断发扬光大，最后成就自己。

你不坚强，流泪给谁看

阿杜

天行健，君子以自强不息。

——《周易》

弟弟，虽然我们天天生活在同一个屋檐下，虽然我只是大你几分钟的姐姐，但是我并不了解你，作为姐姐的我觉得自己挺悲哀的。看你天天沉溺在自己的世界里，我觉得我有必要开导你。虽然我也有缺点，但是现在家里只有你一个男子汉了，自从咱们的爸爸出事后，你就只知道流泪，弟弟，你让妈妈以后要依靠谁？

是的，作为龙凤胎姐姐，我一直就有抱怨，凭什么就因为我比你早出生几分钟，我就得当姐姐，事事得让着你，事事得照顾你，其实我也只是一个柔弱的小女生，不是吗？小时候，我们常常打架，那时我们都不懂事，让父母平添了多少麻烦？我们一起来到这个世界上，这是多么难得的事，可是我们一直都不知道珍惜。我也有错，因为我一直不想当姐姐，当姐姐就意味着责任，当姐姐就意味着榜样。我曾恨过，为什么不是你来当“哥哥”，这样我就可以有依靠，可以在你面前撒娇了，毕竟大的总要让着小的。

弟弟，爸爸走了，我们全家人都很伤心难过，可是我们再难过又怎么样？事情能够有新的转机吗？如果我们的泪水可以换回爸爸，我宁愿自己的泪流干，可是现在流干了泪又如何？我们都已经15岁了，该懂事了。我们要一起照顾好妈妈，重新找回快乐，并且充满信心地生活下去。可是弟弟，你拒绝了所有亲人的爱，用漠然面对这个世界的方式来面对我们，让我和妈妈不知如何是好。

你的难过，我懂，因为我和你一样难过。爸爸是我们依靠的“大树”，可是现在爸爸走了，我们应该互相依靠，不是吗？还记得小的时候吗？虽然我们常常打闹，但爸妈不在家时，你也有表现得特别乖巧的时候，你喜欢跟着我，喜欢做和我一样的事情，喜欢我把你当成一个小宝贝一样照顾……虽然都只是游戏，但现在想想，你应该一直都渴望被爱包围，被所有人当成焦点，被捧在手掌心上。可是时间在走，生活在变，我们在长大，我们终有一天也是要承担起责任，照顾我们的父母。就像现在，父亲不在了，妈妈伤心难过，我们当儿女的难道不应该首先坚强起来吗？让妈妈的心安稳一些，让她觉得我们已经长大了，是可以依靠和依赖的孩子，让我们身边的亲人都松一口气。毕竟我们的人生得我们自己走，没有谁可以庇护一生。

还记得小学时候发生的一件事情吗？有一次，高年级的一个男生在路上横冲直撞，他最后鲁莽地撞倒了我。身边的小女孩扶起我，拦住那个男生，要求他道歉，但那个男生牛气冲天，扬着脸昂首挺胸就是不肯道歉。我没想到走在后面的你，见此情形后，会迅速地冲上来，一把扯住那男生的衣襟说：“你撞倒了我姐，就该道歉。”虽然那男生比你高了半头，但你一脸倔强和坚定的神色，毫不畏惧。那男生见你比他小，根本没把你放在眼里，反而想挣脱你的手，两个人推搡着你来我往。我怕你吃亏，就说：“弟弟，算了，不和这野蛮人计较。”“他做错了，一定要他道歉。”你不依不饶地说。那男生毕竟理亏，又被一群人拦住，而且最重要的是有你在保护我，他最后心不甘情不愿地道了歉，你才放开他。弟弟，你知道吗？你那个时候的样子真的像一个男子汉。回家的路上，你豪气万千地对我说：“姐，以后我保护你，任谁也不能欺负你。”我信，真的，弟弟，我一直相信，你是可以保护我的。可是现在，弟弟，当初你说过的话，你还记得吗？那些话还算吗？希望你能坚强起来，做一个可以保护姐姐的男子汉。

爸爸还在时也常说，男孩子嘛，要坚强，不能轻易流泪。可是弟弟，爸爸的话，你还记得吗？你从他走后，就常常沉溺于网络游戏，以为这样就可以将自己麻痹，心不会痛楚。你没日没夜的上网，知道妈妈有多心疼吗？你是男子汉了，你长得那么像年轻时的爸爸，可是你有爸爸的风范吗？爸爸遇见问题时，从来不逃避。他曾说过，逃避是最无能的选择，唯有认真面对才能解决。弟弟，你选择了最无能的选择——逃避问题，以为这样事情就会随着时光的流逝悄然改变。真的可以改变吗？爸爸没了，这是你无论如何逃避都改变不了的事实。我们不是需要和妈妈一起面对吗？我们要给她温暖的抚慰，让她那颗痛苦的心不再受伤，让她单薄的身体也有信心面对未知人生的风和雨。

弟弟，你的做法太让我和妈妈失望了，我想九泉之下的爸爸一定更失望。你曾是爸爸的骄傲，但现在你整天沉迷网络，整天沉溺于自己的忧伤中。生活那么现实，如果你不坚强，流泪给谁看？

我们不需要同情，我们不需要把自己的伤心流露给别人看，我们要自己勇敢面对，我们要让妈妈放心。让她知道，虽然爸爸不在了，但只要我们一家人相亲相爱、努力生活，一定也可以生活得很好。你说，这不也是爸爸最后的遗愿吗？

弟弟，你一直很聪明，我说的你早已都懂，但懂归懂，你要付诸行动。不要再沉迷网络游戏了，那会让你迷失掉自己的方向。把伤心埋藏在心里，把对爸爸的想念也埋藏在心里，不要再动不动就流泪了，我们唯有自己坚强，才是对爸爸最好的敬意。

我想，我们的爸爸也不喜欢我们整天泪流满面的样子吧？弟弟，我们一起坚强面对生活吧，让我们的妈妈可以因为我们而欣慰。我们是一家人，无论面对什么事情，我们都可以携手一起走过。这世上，唯一的“救世主”就是我们自己。

没有人可以救自己，也没有人可以打败自己。坚强一些，你真的可以做自己的主人。

强弱之道

卓然客

强中自有强中手，一山更比一山高。

——谚语

1346年，刘伯温隐居于镇江北固山，一面读书治学，一面招村童讲授儒学。刘伯温能谋善断、精通医理，经常为村民解决疑难，不久就闻名一方，被村民们称为“贤士”。

一天，刘伯温立在危岩之上，骋目遐思。山风浩荡，刘伯温的长衫随风飘舞。

这时，山下来了一位年轻人。年轻人修长消瘦，一脸苦恼：“先生，我在东市卖菜。虽然利润微薄，却也过得日子。可惜最近，冒出几个痞子，非要向我收保护费。要是给了他，我的日子就没法维持了！”

刘伯温笑笑，问年轻人：“你姓什么？住在哪里？”

年轻人答道：“我姓孟，住在山前李家庄。”

刘伯温捋捋胡须，一副胸有成竹的样子：“好，我教你一个办法。你准备一把利刃，痞子再来时，你朝他大腿上猛扎一刀。”

年轻人心有疑虑：“这能成吗？”

刘伯温肯定地说：“我这法子，不仅能解你眼前之困，还能保你一生无忧。”

年轻人刚走，又来了一位矮黑粗壮的汉子。汉子声音洪亮：“先生，我在西市卖肉，都十几年了。昨天，竟然来了几个痞子，要收什么保护费。我哪能给他交保护费？我本打算将他们教训一顿，是我老婆拦住了我。她非说您世事洞明，让我来问问你该怎么办。”

刘伯温慈祥地笑了：“你姓什么，住在哪里？”

汉子回答：“我姓王，住在王家大庄。”

刘伯温说：“你啊，就应该给他保护费。不仅要给，还要买菜沽酒，请痞子们饱餐一顿。”

汉子惊讶得两只眼睛跟铜铃一般:“先生,我没听错吧?”

“你没有听错。照我说的做,可包你平安无事。”

汉子无语,半天,才咕哝一声:“好,我且听你的。”

汉子转身离云时,刘伯温又叮嘱道:“你记着,请痞子吃饭时,要多请族人、朋友相陪。”

在一旁园子里种菜的弟子,把这一切都看在了眼里。弟子很纳闷,就问刘伯温:“同样一个问题,您教给他们的解决方法怎么会截然相反呢?”

刘伯温是这样解释的:年轻人姓孟。孟姓是小姓,在当地人丁单薄。而菜市场三教九流鱼龙混杂,这年轻人又生性怯懦,就算交了保护费,也难保不再受别人欺负。我教他手持利刃,独战群痞。这可以让他一战成名,从此无人敢欺!那个汉子姓王,孔武有力,杀猪出身。王姓,又是当地大户,族人数千。我让他宴请痞子,再多请朋友族人作陪,就是向痞子展示实力。一场酒席下来,他多半就成了痞子拉拢的对象。痞子们不但会退还他的保护费,从此,还会成为他的朋友。

“弱小者,要教之以刚强;强大者,要辅之以变通。”刘伯温最后是这样总结的。

弟子听了,钦佩不已。人心虽异,世理皆同!江湖智慧,儒家心肠,在刘伯温身上得到了完美的诠释。

几天后,汉子上山来向刘伯温道谢:“痞子不但不要我交保护费了,还一个劲儿地要跟我交朋友。”又过了几天,年轻人也来向刘伯温道谢:“大师,我一连刺伤了两名痞子。现在,几十个卖菜的都团结在我身边,痞子们再也不敢来了。”

刘伯温颔首微笑。长天,流云飞渡,山下,如蚁人寰。

弱者不可示弱,强者不可恃强!此理,千古不易!

现实往往是弱者更容易屈服,而强者,更加恃强凌弱,所以,这个世界终究是不公平的。但是这个不公平都是自己造成的,因为你不懂变通。

最是那含着泪水的微笑

李红都

生活就像海洋，只有意志坚强的人，才能到达彼岸。

——马克思

1

在众人眼里，她是比较幸运的那一类听障人士。

父亲经商，母亲是大学教师。优越的家景，让她得以在康复路上始终有实力走在听障群体的最前沿。当很多听障者还在抱怨4通道的助听器价格已超过5000元时，她已在父母的帮助下，配上了24个通道的数字机。她身材高挑、长相清秀，飘逸的长发垂在耳后，恰到好处地盖住架在耳后的助听器，让她看起来和身边那些优秀的健全同学毫无差异。

戴上助听器的她不仅当面与人交流对答如流，还能像常人那样轻松地接听电话，并且能跟着音乐唱歌跳舞，甚至她还很勇敢地参加各类演讲比赛和诗歌朗诵活动。尽管有些听障人士也有条件配戴那种高档数字助听器，然而却很少有人能达到她那么理想的康复状态。

因为听力康复状况好，她像健全人一样上完高中，顺利考上大学。毕业后应聘到一家事业单位，做上了喜欢的文案工作。和她交谈，常常顺畅得令人忘记她是一位听障人士。

那天，我和朋友去拜访她。寒暄中，我很明显地感觉到和她的交流没有以往那么通畅了。很多话都需要重复说几遍，她才明白我们的意思。

我们一问才明白她刚换了一副助听器耳塞,新耳塞与耳道不般配。为了听得清楚一些,她只好把耳塞硬往耳道里推,弄得耳道的皮肤都磨破了。疼得受不了,她只好暂时把助听器摘了下来。

话归正题,我们的交流更显困难。有句话,我一连重复了三遍,她还没听懂。见我有点急了,她转身从抽屉里掏出放在干燥盒里的助听器,慢慢地对准耳道戴好后,这才听懂我的话。

看到她佩戴过程中疼痛的表情,我小心翼翼地问:“痛得厉害吧?”她点点头,说:“嗯,挺痛的。不过没事,过两天伤口结痂了,就好了。”

说这话的时候,她一副轻描淡写的模样,甚至脸上还带着笑,仿佛在说与她无关的事似的。但我分明看到在她的眼眶里隐着一层很薄的水雾。

2

我认识一位从膝盖以下截去双下肢的残疾男人。他在残联维权科做信访工作。

他不仅维权工作做得好,还是市残疾人轮椅篮球队的主力队员,曾多次和他的肢残人队友们在市级以上的残疾人篮球比赛中获取奖项。据说,从小就长胳膊、长腿的他,在球类和田径项目上颇有天分,如果不是幼年时期的那场灾难,他可能会长成身高超过两米的体育明星。

但命运总是有太多难以预测的灾难。对他来说,那真是一段噩梦般痛苦的记忆。8 岁那年,他和小伙伴们在铁路边推铁环玩。那天,他推着推着,不小心把爸爸刚给他做好的铁环滚到火车轨道的另一边。他下意识地跑过去,想把滚到对面的铁环捡回来,待他拾起铁环站起身来准备跨过铁轨时,灾难发生了。呼啸的火车,夹着一阵凉风,迎面而来。未待他反应过来,飞驰的火车就带倒了他。接着,沉重的车轮毫不留情地从他双腿上碾过……一阵巨痛过后,他晕迷过去。

小伙伴们哭泣着拉来各自的家长,飞速送他到医院抢救,然而为时已晚,他的命保住了，却没能保住修长的双腿，为了防止感染扩大，他的父母只好听从医生的建议，同意医生截去他双膝以下的部位……从此，他再也不能下地行走，直到成年后在残联康复中心安装了假肢。

见到他的那天，他正在办公室内接待一位到残联寻求法律援助的肢残男子。那人三十多岁的模样，拄着拐，满面愁容地诉说着自己的烦恼和纠纷，他坐在办公桌边耐心地解答疑问、开导男人。最后，那人终于展开了紧皱的眉头，站起来，和他握手道别。他微笑着送那人走出门外。

他走得比常人慢，步伐也有些蹒跚。等他送走了残友，重新回到办公室后，我忍不住地问他："假肢磨腿吗？痛不痛？"他点点头："有一点吧，走得近，没事。"

我又问："那走得远了，会痛得厉害吗？"他的眼睛有些湿润了，下意识地抬起手背抹了一下，这才抬着笑道："当然会。不过，没关系，我能忍得住。"谈话中，他的脸上始终挂着微笑，而他眼眶里泛起的那层薄雾，却如冷秋的雨水，一点点地打湿了我的心灵。

3

认识一位命运多舛的女子，她叫赵玉丹。为了给患有肝硬化的丈夫凑足医疗费，几年来，她不分昼夜地打零工，一点点地赚着给丈夫打针吃药的钱。

但是打工占去的时间太多了，一忙就顾不上去医院照顾生病的丈夫和独自在家的年幼的女儿。一位好心人想帮她一把，就手把手地教她学会了做烤面筋。这样，她就能在照顾好丈夫饮食起居的前提下，抽空带着年幼的女儿在医院不远的公园门口叫卖烤面筋。

最初，她一天只能赚 30 多元，眼瞅着丈夫每月医药费就得两三千元，救夫心急的她便在摊前摆了个牌子，上面写着："亲爱的顾客，我的烤面筋可以比别人的贵五毛钱吗？因为我的老公患有重病在医院，我实在想不出什么办法来救他！谢谢你多付的 5 毛钱，祝你平安。"她将烤好的面筋分为两堆，一堆和别的摊位一样，按市场价出售，每串 1 元，另一堆则是爱心价，每串 1.5 元。

一位残疾女士坐着轮椅过来了，不要烤面筋，直接塞给她 10 块钱，接着又有人硬往她口袋里塞了 100 元。围观的人越来越多，都显然被她感动了，大家你 10 块、我 20 地递给她钱，只象征性地拿走一两串烤面筋。甚至当她生意忙不过来的时候，还有位热心的中年妇女主动站在她身边，帮她烤起面筋来……

很快，热心的晚报记者也来了，用饱含激情的报道，将她卖面筋背后的故事宣传了出去。知道此事的人越来越多，一时间，全城掀起了吃烤面筋的热潮。很多人大老远地赶到她的摊位，不为别的，只为有个合适的理由，给她送一份绵薄的爱心，支持这位在苦难中微笑的坚强女子，带给她一份战胜人生寒流的温暖和渡过眼前难关的力量。

那天，当我路过她摊位时，她正像往常一样站在烟熏火燎的简陋烤箱边，仔细地烤着手中的面筋，眼里盈着晶莹的泪水，脸上却挂着灿烂的微笑。没有叫卖的喧哗，没有客套的招徕，到她摊位上购买面筋的人却络绎不绝……

见过很多流泪和微笑的情景，有失去亲人时那悲痛欲绝的泪水，有天灾人祸面前无助的泪水，有感慨生活艰难时那辛酸的泪水；也见过很多笑脸，有得意之时兴奋的笑，有金榜提名时喜悦的笑，有受人帮助时感激的笑，也有见面问候时礼节性的笑。最难忘记的就是那些眼里含着泪水，脸上却挂着微笑的面容。每次看到这样的面容，我就如同看见一位失去双腿的残疾勇士，正忍着假肢和残肢摩擦的巨痛，挥着汗水向前奔跑……令人于肃然起敬之中备受鼓舞，别有一番感动在其中。

因为我知道，这种含着泪水的微笑，是以冷静、理智的心态做醪糟酿制而出的琼浆，所有的忧伤和悲痛都已在苦难的坛子里静静发酵。从坛子里飘出的，全是令人心动的醉人芬芳。

有人说，强者不是没有眼泪，而是含着泪水依然还在奔跑。我们每个人都要做这样的强者，面对生活的残酷从不屈服。

穷，也不能偷

阿识学长

贫穷绝不是有魅力或可吸取教训的事。对我来说，贫穷只教会我过高地评价有钱人或上流社会的优雅。

——卓别林

每当又逢上冬天，我和几个玩得要好的朋友就会坐在老槐树下谈起往事。这不，又是阿傻指着我额头上日渐增粗的皱纹调侃着说：“鸡架子啊，你笑都笑得这么难看，又变得沧桑，老于世故了吧！”

我理都不会理他，只顾捏着雪球，思忖起我的童年。这当中，最令我难忘的一件事，是我和阿傻偷别人家厕所里的纸。

村里的那帮捣蛋鬼、穷鬼很早就学会了“聚众赌博”。我们搓得来麻将，能打各种纸牌。每当放学后，大部队就被分成几小队。一桌人搓麻将，另一桌人打拖拉机（升级），不幸被剩下来的就一股脑儿地挤在一起翻同花顺或是九点半。如果“聚众赌博”没有赌注，那就一点也不刺激。

可那时我们都很穷酸，拿不出赌注，也输不起钱。经过小喽啰们的激烈商讨，领头的同意，大会一致通过，决定拿纸当筹码。

纸在我小的时候也算是比较稀缺的资源，一毛钱才能买一小捆，一小捆只有十张。如果赢多了纸，不仅能卖一个好价钱，还能供家人上厕所时用，它软绵绵的，比用削好了的竹条神气得多。

我当年肯定踩到狗屎运，要不怎么会赌一次就输一次。至今回想起来，我都心有余悸。可当年的我也不是省油的灯，越是输，我就越一鼓作气，非得输到最后连课本都没有了，才肯承认自己已经殚精竭虑，命运蹇涩。晚上，我偷偷地抹着眼泪跑到猪圈里发誓：再赌博，我就一头撞死在猪肚子上。

但阿傻分明是个死性不改的家伙。有一天，他一蹦三跳地来到我家，他说要告诉我一个振奋人心的好消息。但条件是我听完后必须答应他继续赌博。我感觉心里痒痒的，臊眉耷眼地点了点头。接着，他神秘兮兮地把嘴巴凑到我耳根子里，扬扬得意地说："鸡架子呀，你是不知道哟，我看到好多人家的厕所里都放着纸呢。要不，我们去把它们统统偷来，那可是一笔可观的收入啊！"我听完后，感到特别激动，赶紧用手扯了扯阿傻的衣服："走呢，快走呢！"我生怕坐在旁边剥豆子的娘看到我鬼鬼祟祟的，就会说："兔崽子，你想干吗？"

我们村的土坯房子东一座西一幢，杂乱无章。厕所都是用茅草、青瓦和木头敦搭成的，人们喜欢用墨黑色的挂布当厕所的门。所以，这在很大程度上为我们偷纸提供了便利。

偷纸时，我们首先会确定周边环境是否安全，一旦碰到熟人，我们便会假装玩耍。等人离开了，阿傻便继续站在原地放哨，我就会迅速溜进厕所，把纸一卷，塞进衣袖里，拔腿就跑。

太阳下山后，人们陆陆续续回到家，我们就偷不成。于是，我们躲进村里的竹林里分纸。我拿三分之二，他得三分之一，我们乐呵呵的，开心极了。但我的开心并不能长久，等第二天把纸又输个精光，我的泪水便又开始在眼珠子里打转。阿傻瞥了我一眼又说："鸡架子，我们去偷纸吧！"

很长一段时间，我和阿傻扮演着偷纸和输纸的角色。直到后来有一天下雪，我们被抓，娘知道我做贼。当晚，娘就当着村里人的面用织毛衣的钢针使劲地抽我。娘骂我是个不争气的娃，连别人家厕所里的纸都偷。我骂娘不是好娘，别人家的娘都给孩子零花钱，而我家的娘不但不给钱，还打人。

晚上，娘把我拉到床头，撸起我的衣管。她看到我身上的一条条血印，竟忍不住痛哭起来。

我撇过头，还在生娘的气。

直到再后来有一天，阿傻的娘对我说，我爹被一个女贼偷走了，他要和我娘离婚。我才突然明白，原来贼是埋在娘心里的地雷。

我拼命地跑回家，蹲在猪圈里用头不停地撞猪的肚子，我发誓接下来一定要好好读书。

每下一场雪，我都会想起这件往事。因为它让我懂得了成长和做人的意义，让我得以明白，人再穷，也不能偷别人家的幸福。

很多人犯了错误之后，总是归结于自己的贫穷上，其实仔细一想，这跟贫穷是没有关系的，有骨气、有自尊，人生才会走得长远。

“学霸女神”的付出你不懂

阿杜

凡事欲其成功，必须付出代价——奋斗。

——爱默生

1

在别人眼中，我是个十足的幸运儿。他们说我是上帝最宠爱的孩子，是容貌与智慧并存的学霸女神。以为在掌声和表扬中长大的我，肯定一直都过得消遥自在。

可是，他们并不知道我不快乐。

我时常觉得自己像只上紧发条的钟。每天放学后，我不是要赶去艺术学校练声乐、学舞蹈，就是在去英语、奥数培训班的路上。老师布置的作业，我只能在课间完成，晚上回家后，还要抓紧时间复习和预习。

多年来养成的习惯，有一件事没完成，上了床也睡不安稳。保持第一，真的不容易。课堂上，我从来不敢掉以轻心，我总是打起十二分的精神，思路紧跟着老师转，课前的预习尤为重要，课后的复习则是巩固知识点。

别人以为我天资聪颖，无论学什么轻轻松松都能取得好成绩。我能歌善舞，琴棋书画，样样皆能，经常参加各种比赛，获奖证书厚厚的一摞，学习成绩还总是第一名，可是没有人知道我付出了多少努力，我有多累。参加舞蹈比赛，为了一个精彩的亮相，我要重复上百次地练习同一个动作，直到汗流浃背；每次考试前，我都要争分夺秒地复习。

其实，我所取得的每一点成绩我都付出了很多。我从不觉得自己聪明，我仅仅是比别人付出了更多的努力而已。

2

我的同桌林飞是个无忧无虑的男生。

林飞成绩一般，但性格开朗，热爱运动，整天风风火火地跑进跑出。他总是一身臭汗味，额头上闪烁着晶亮的汗珠子，可能是经常在太阳下运动的缘故吧，皮肤黑黑的。我逗乐他是“掏煤球”的，他也不介意，还乐呵呵地对我说：“我愿意做学霸女神身边的小煤球。”

我的脸瞬间涨红了。我哪是什么学霸女神呀？我只是一个不服输的平凡女生。只是林飞那么叫着，脸上诚恳的表情满足了我小小的“虚荣心”，哪个女生不愿意当女神呢？但我还是假装恼怒地说：“去，谁是女神呢？我才不要，我是女汉子，你别认为我是‘女神经病’就行了。”“这世上哪有这么冰雪聪明的女神经病呢？明明就是一如花似玉的女神。”林飞的嘴像是抹了蜜，说出的话把我哄得心花怒放。可能就是这个原因吧，我喜欢在繁忙的学习中和这个不着调的同桌聊上几句。

和班上的其他同学，我们的关系淡淡的，也不大交往。我虽然有心想和大家保持友好的关系，但在大家眼中，我一直是高高在上，看起来傲慢又不大好相处的女生。他们很尊重我，但彼此间总是隔着距离。

我不是很介意别人会如何评价我，就像妈妈说的，嘴巴长在别人身上，别人怎么说是别人的事。我确实也没时间去计较这些，每天完成满满的安排我已经精疲力竭了。

但我不是冷血的人，不论是“学霸女神”还是“女神经病”，我对友情还是有期待的，只是很多时候，我不知道要如何去赢得别人的友情，我虽然很想在课间和他们一起聊聊明星八卦，很想放学后和他们一起去逛逛街，但时间就那么多，我兼顾不了，而友谊是需要时间经营的。

3

林飞告诉我，班上的同学都很羡慕我。我笑了笑表示感谢，只是心里在想，如果他们知道了我每天马不停蹄地奔波在各个培训班，知道了我为了考高分常常强迫自己学习时，可能就不会那么羡慕了。

父母一直对我要求很严格，我顺从地接受了。父母就是很努力的人，我从小看着他们，有样学样，想不努力都不行。小的时候不懂事，也因为学习累了闹过情绪，还会趴在窗台看小区里的孩子玩得昏天暗地而羡慕不已。但慢慢长大后，我就习惯了忙碌地学习。"要做最好的自己，就要付出最大的努力。"这是在一本书上看见的，我把它当成人生信条。

但是年轻的心里也会渴望能够过得轻松一点，偶尔也会想，人生那么长，真的有必要让自己变成一只上紧发条的钟吗？我这样下去，会不会有一天把自己的神经绷断了？随便学，我也不至于太差，有必要为了出类拔萃付出那么多的努力吗……心里的矛盾时时涌动，连带着情绪也变得反复无常。

别看林飞成绩不出色，但我有时也会羡慕他。他做的很多事情，仅仅是因为他喜欢，享受的是过程，而不会在乎结果；他可以没心没肺地放声大笑，就算刚及格，也能高呼"万岁"；他敢逃掉不喜欢的课，宁愿被老师罚跑操场；他可以不用上残害脑细胞的奥数班，一群同学嘻嘻哈哈跑去喝冷饮，过得轻松自在。

我做不到林飞这样随心所欲，任何比赛，每一次考试，我都想得到最好的名次，并且为此全力以赴，做好最充分的准备。付出了，也收获了，但快乐的同时，心里却会莫名地产生失落情绪。

我不知道自己怎么了。这种矛盾的心情一直纠缠着我，让我欢喜让我忧伤。

我找不到答案。

青春的路上，懵懂徘徊。我们既想做一个备受瞩目的佼佼者，又想成为一只不受约束自在飞翔的鸟。

勤奋是硬道理

文小圣

才能的火花，常常在勤奋的磨石上迸发。

——威廉·李卜克内西

在韩国人的眼里，李明博绝对是一个传奇。因为他曾依靠捡垃圾完成学业，又因为蹲过监狱而找不到工作，但后来他却成了韩国总统。

1941 年 12 月，李明博生于日本大阪，他是家中的第五个孩子。1945 年日本战败后，李明博一家被迫迁回朝鲜半岛。在此次旅途中，他们遭受了几乎是毁灭性的打击——他们运送家当的船只遇到风浪沉入了海底。从此，他们家境一贫如洗。为了养家，父亲只好到牧场打工赚钱，而母亲则卖起了海鲜，小小年纪的李明博也开始沿街叫卖糕点、水果、火柴。

由于家境贫寒，到了念书的年纪时，进入学校的李明博非常珍惜这来之不易的机会，学习极其勤奋，成绩非常优秀。在李明博念初中时，他的二哥考进了汉城大学(今首尔大学)。父母无力供两个孩子同时上学，于是他们打算让李明博辍学。一位老师听说品学兼优的李明博要辍学，非常不舍，决定让李明博以抄写教案抵学费的方式来完成初中学业。就这样，李明博读完了初中，并以全班第一名的成绩，考入了浦项市东智商业高中夜校。

高中毕业后，李明博随家人搬到了汉城(今首尔)。在那里，他一边做苦力、扫大街，一边捧着从旧书店买来的参考书苦读。他凭着自己的勤奋努力，不久就顺利考上了高丽大学。入学前的那段时间，为了凑足学费，他每天天不亮就起床，捡垃圾挣钱。在艰苦环境中，李明博形成了坚韧努力的性格，在同学中树

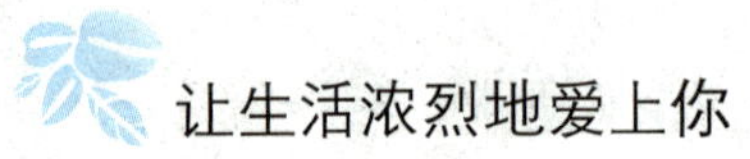

立起了很高的威望。

但没过多久，灾难再次降临到李明博的头上，由于不满军政府的统治，他带头参加游行，结果被宪兵抓了起来，并被判处三年徒刑。六个月后，李明博被放了出来。他从未如此沮丧过，一个蹲过监狱的人，还有前途吗？此时，母亲对他说了一句话："你的人生怎能就这么结束？""是的，不能就这么结束！"李明博攥紧了拳头。

刚开始时，李明博果然连最卑贱的工作都找不到，"有前科"成了压在他身上的一座大山。直到1965年，李明博终于在一家名为"现代工程公司"（现代集团前身）的小企业谋到一份差事。这时的李明博，非常珍惜这份难得的工作，他工作时总是比别人更勤奋、更卖力，并且敢问敢做，极具拼搏精神，于是很快就得到了老板的赏识。一年多后，他被派到利比亚寻找工程建设项目。刚到非洲时，为了跟利比亚官员打交道，他可以在人家门前耐心地等上八个小时；为了让对方尽早接受他，他仅用一个月时间，就把当地的风俗习惯弄得烂熟于心。几个月后，他因为揽到的项目最多而被擢升为组长。29岁他就晋升为公司理事，35岁一跃而成为社长，46岁当上公司荣誉会长……李明博凭着自己认真的态度和非凡的能力，在现代集团的晋升速度如坐火箭。

后来，李明博弃商从政，他凭着自己的勤奋和真诚赢得了民众的支持。2008年2月，他宣誓就任韩国总统。

如今在韩国，李明博成了不少年轻人的奋斗榜样。他的传奇人生被改编为热播电视剧；他记载自己成功经验的自传，创下了重印一百多次的高纪录。

在人生之路上，机遇可以成为改变一个人命运的重要因素，但要最终走向成功，勤奋才是硬道理。

懒惰是成功的天敌，唯有勤奋方能达到自己的目标。

生活的泥土

李雪峰

没有野心的人也许某天会享有盛名，然而，有野心的人不想出人头地则很罕见。

——诺思

玄奘初到法门寺的时候，住持见他天资聪颖悟性超群，对他格外器重。

住持让玄奘住到藏经楼上，青灯孤影，让他一个人静静地读经参禅。玄奘欣喜万分，因为他太喜欢这些经卷了，经卷里有令他沉迷的另一个大千世界。玄奘在藏经楼一读就是5年，但藏经楼里的经卷太多了，苦读5年，玄奘也不过读了十几架的书，还有浩如烟海的经卷在等待他去一一阅读呢。玄奘想，只要能再这样两耳不闻窗外事地读10年，自己或许就可以成为一个得道高僧了。

就在玄奘还深深沉迷在那些落满尘土的经卷中的时候，住持却来告诉玄奘说："寺里要选一名僧侣去云游天下，老衲和方丈大师议定，由你去托钵云游。"

玄奘听了，忙向主持说："这藏经楼里有经书万卷，小僧闻鸡起舞昼夜苦读，至今不过读了三五百卷，刚刚略识皮毛，小僧还想深读下去，只有皓首穷经，方才能够光大佛法成就正果啊！四海云游，是否可别择他人呢?"住持听了微笑不语。过了两天,又唤来玄奘说:"现在已是万木萧萧的初冬时节了,再过些时日,寒霜酷雪就会次第降临了,老衲这里有两盆海棠,你挑一盆瘦弱的连同花盆一起栽入泥土中,另一盆不必掩埋,就放在墙角或屋檐下吧。"

玄奘不解住持为什么要他这样做,但还是依照住持的吩咐,去大雄宝殿后的花坛里找到了那两盆海棠。两盆海棠都长得十分粗壮,春夏时玄奘曾见过它们绽放,虽是栽在花盆里作为盆景,但因为住持莳弄殷勤,棵棵长得枝繁叶茂,花朵开得稠密芬芳,十分令人喜爱。玄奘按照住持的吩咐,选了那棵略显粗壮的,把它放到墙角,这样可以让寒风吹它不着,又足可以让它晒到阳光,然后又在花坛里挖了深坑,将那盆略略瘦弱的连花盆一起栽入了泥土中。

冬天来了,冷风怒号飞雪狂舞,住持再也没有跟玄奘说起让他托钵云游的事情。玄奘就又躲进藏经楼里,去怡然自得地看经读卷去了。

次年初春,冰雪初融,万物复苏,法门寺旁的林子里又氤氲起了一片淡淡的绿意,棵棵树的枝条上都萌出了一串串嫩嫩的绿芽。住持在一个春光明媚的上午又来找藏经楼里的玄奘说:"春回大地,万物复苏,所有的草木都又萌出了它们的新芽,我们也去看一看那两棵海棠吧。"玄奘先带住持走到墙角,那盆海棠还在,正沐浴着暖融融的一片春晖,只是它的枝条上什么也没有,连一个芽苞也寻不到。玄奘说:"它早就该发芽萌叶了,可为什么一个绿芽也没有呢?"住持不语,只是蹲下去轻轻敲了敲它的枝干听了听说:"它在冬天时早就被冻死了。"

"冻死了?"玄奘大吃一惊,玄奘说,"它放在这墙角,可是很难被寒风吹到却又可以饱沐日光的呀,为什么还会被冻死呢?"住持不语,只是浅浅一笑说:"走。去看一看栽在泥土中的那棵海棠吧。"

住持和玄奘来到花坛里,看到栽在泥土中的那盆海棠早就萌出了绿幽幽的肥壮叶了、绿叶婆娑一派生机盎然了。玄奘不解地说:"这一盆海棠在这里被风吹雪盖,能得到的阳光也不比墙角的那棵多,为什么它经历了严冬却毫发未损,而墙角的那盆却被冻死了呢?"

住持听了，微微一笑说："只是因为这盆冬天时埋在了泥土中，而墙角那盆却没有掩埋啊。"玄奘还是不解，"虽然那盆没埋，但它放在墙角，很少被寒风吹，却又有充裕的阳光呀。"

住持说："温暖不仅仅来自天上的阳光，在冬天时，它更多的是来自脚下的大地啊！"

玄奘一听，顿然愣了。

第二天清晨，玄奘就早早脚穿芒鞋，手托盂钵来向住持辞行了。玄奘向住持深深行了一个礼说："大师，小僧我终于明白读万卷书行万里路这个道理了，最美的经卷，不仅仅是经楼的那些经卷，更是普天之下芸芸众生红尘生活的经卷啊。"住持大师颔首笑了说："是的，真正的修行，不仅是在经卷中修，更要在尘世生活中修啊。记住，高天上的太阳可以给我们温暖，但我们脚下的大地同样也可以给予我们温暖呀!佛光，在云端，也在我们的脚下!"

不要忽略我们平常的生活，不要鄙视我们身边的那些默默无闻的芸芸众生们，他们也是我们的大地。他们也是我们萌芽开花的一种必需的温暖。

梦想的星星再亮再高，摘取它的脚步什么时候也不能离开我们脚下的大地，每一个巨人的人生不管多么伟大，它也离不开那些平凡生活的淬炼和洗礼。

飞机飞向蔚蓝的天空需要强大的推动力，人类的进步也是如此。野心，就是促使我们取得成功的动力。

镶嵌在时光之上的情谊

叶浅韵

友谊是精神的融合，心灵的联姻，道德的扭结。

——佩恩

我不记得我与苹是什么时候认识的，只记得自从闯入彼此视线以后就再也没有分开过。多少年过去了，我们依然是无话不谈的好朋友，拥有人世间一切的舍不得和疼惜。一直把彼此视为镜子，映照人世的酸甜苦辣，分享雾霭霓虹，共迎凄风苦雨。

那时，我们足够年轻，有大把的青春可以挥霍，我们一起逛街泡吧喝酒聊男人，一起痛哭一起欢笑，一起疯狂一起绝望。觉得在生命里拥有彼此，真好！

青春，是贫穷的，相对于物质而言，我们除了两只肩膀一张嘴，既无蜗居也无按揭。但对于精神来说，我们是那么富足，可以在一本书里打发无数的光阴，为不同的观点争得面红耳赤。也会在一场电影里黯然流泪，为男女主人公的曲折爱情愤愤不平。然后开始争论是刘德华的眼神温情，还是周润发的坏笑迷人。永远新鲜的话题浸染出斑斓明亮的青春，寂寞为之让出一条宽敞的马路，我与苹就那样手牵手，数着星星和月亮，迎来春花，送走秋月。

爱情，永远是青春里最动人的亮色，我们坚守着宁缺勿滥的真理，把一个又一个的追求者，用不同标准的尺子，一一凉拌了。不论落下刺玫瑰还是金刚石的雅号，更或许是要遭遇某种不着边际的质疑，也在所不惜。唯有我们自己知道，在一场透支了的苦恋或是单恋之后，所有与爱情有关的怦然心动，都是一张不能到期支付的空头支票。一道高高的门槛早已被心灵最深处设置成默认值，如一壶早已烧开了的水，任你加温，水开了就只能保持一种沸腾的状态。只有当别人调侃性别的取向时，我们才对对方流露出警惕的神色，并异口同声地申明自己对女人没什么兴致。说完，相视哈哈大笑。

两只孤傲的杯子放置在一起，并被生活频频举起，这种镜头，常常让我想起某两种动物，天鹅，或是仙鹤。它们优雅而骄傲地活着，可曾有过忧伤和孤单？而我们，有时又是忧伤苦楚的。每一次酒精麻醉过后的神情里，都失魂落魄地想念一场只有一个人的爱情。她的他，我的他，都深刻而鲜活地站在哪里，没有谁可以取代他们的位置。两只失魂的孤雁，浅酌低诉着每一种伤痛，借此来抚慰漫长的青春。

爱的时候，回忆就像是天空中大团大团洁白美丽的云彩，我们就像两只快乐的精灵，穿着红色的舞鞋，霓裳羽衣，舞给最爱的人看。爱，使我们纯洁美好，并以一种神奇的力量，让人的思绪变幻万千，出神入化。在熠熠生辉的眼睛里，我们感知了爱情的魔力。在我们的心中，始终有一个人，他手执魔法棒，主宰着我们的生死。

恨的时候，我们诅咒万物，厌恶人世，恨不得他立刻消失在这个世界上。那个让人欢喜让人哭泣的冤家呀，他是我前世的债主。我恨我的前世没有好好修造，为何让香草山上的良人明珠暗投。可是，一旦听到有人要诽谤他排斥他污蔑他时，又奋不顾身地要与人拼命的样子。才知道，我们的骨子里，都被人下蛊了。

事实上，那个人太遥远了，遥远得只是一张张青春校园里的照片，存活于天各一方的问候里。有时，会为深夜的一个电话激动很久，并在第一时间里眉飞色舞地把喜悦分享。有时，会被一种莫名的隐忧侵袭，担心某一天，一切爱情皆无身可葬。

当苹听到他要结婚的消息时，万念俱灰之后，又斗志昂扬地跑来找我，她坚定地说，我要去大闹婚礼。我坚决地说，我陪你去。

一场豪华的婚礼上，我第一次见识了这个被苹说了一亿次的男人。我心中涌起无数次的失望，我以为他是完美无瑕的，不英俊潇洒玉树临风，也要风流倜傥有款有型。可是，他却是那么不起眼，甚至是那么不顺眼。不可否认的是，他身上有一种天然绅士的气质，温润、谦逊、有礼、不惊。我看到苹强作笑颜的眼睛里有闪闪的泪光，它们一次次地涌起。我低声说，亲爱的，这个新郎，他配不上你，还闹吗？她说，我怎么舍得让他在大庭广众之下伤心难堪呢？说完，她泪流满面。我拽着她的手一溜烟逃离了。

我知道，在一场决绝的爱情里，湿软的话语远不及一杯烈性的白酒有用。在感性与理性的较量之间，女人的眼泪会是一剂良药，许多伤心都会随着泪水流去。无论多么痛的领悟，都挽留不了一场刻骨恋情走进坟墓的归宿。即使流下一片海的泪，也换不回一个人的心。从今天起，就让自己与自己的爱情彻底决裂吧。

痛彻心扉之后的幡然醒悟，总是带有某种不甘心认命的影子。然而，我们都必须要有一颗相信命运的从容之心，不与世界搏斗，更不与自己搏斗。

为了让她更能心安地接受现实，我甚至愚蠢地把苹心中的那个他抨击得体无完肤。正如，她把我心中的那个他说得一无是处一样。这些，都不足以影响一个人高大挺拔的身影，他们永远意气风发地站立着，并长期割据着我们脆弱的青春。

当他们都成了别人的新郎，而我们却无法挥挥手向那片天空洒脱地说再见。他过得好时，嫉妒羡慕悔恨交加，以为那是自己唾手可得的幸福，别人都不配拥有那些。他过得不好时，又心疼难过不安苦痛，厌人鸠占鹊巢，恨不能变成可以拯救他于苦海的天使。在爱情里，我们都愿意卑微，并深深地懂得彼此。这些沉重的思念，象一杯杯鸡尾酒，只有两个有相同伤心的人才能一同分享它们。

在接近青春的尾声里，我们都选择了俗气的生活。抛弃了心中纯真的爱情以后，我们渐渐成熟了。苹说，人总是一边受伤一边成长的，感谢生命中有那样一个人存在，在这辈子想起来时，都有自己的心心念念。

苹和我，我们就像两条平行的射线，对于生活，我们都有共同的指向。在真善美的河流之上，愿意做时光的同谋者。好在被爱情挫败的我们并没有被踏实的生活戏弄过，我想这缘于我们内心深处一直保留的赤诚。一如我们对待爱情那样，何人何事，皆愿意用心对待。以海的情怀，激起生活的浪花，在千朵万朵之间，有我们坦荡无邪的笑。

纵然我们身上都有无数缺点，比如苹直言不讳地说她自己贪财好色，而我却任由她的性子来，看着她率真地大笑，质问我有多少爱可以胡来。看着她贪财时的小样，想起了阿紫把蒙古王爷的小金碗收藏进袖子时的可爱。她说自己好色时，多少男人惊艳的目光围着她打转，而她却在谈笑之间让一切樯橹灰飞湮灭时的痛快。她纵容滋长我的张扬，让我有彻底骄傲的资本，在我说自己是一枚钉子，即使被人装在口袋里也有伸出头的权利时，她笑得前仰后合的样子，惹得人人尽开颜。我们在知道了彼此的缺点之后，却依然那么热爱对方，愿意一有空闲时，就黏在一起，聊理想聊生活，当然更多的时候，我们更愿意聊聊男人。

我知道，无论再过去多少年，也无论我们身在何处，只要一个电话，我们就站在彼此的面前。此生，愿意在一段友谊里，选择比爱情更牢靠的天长地久，一世长安。让一切美好的情谊镶嵌在时光之上，你好，我好，他好，我们都好！等有一天，我们老了，拄着拐杖坐在街边的椅子上晒太阳，有资深的帅哥经过时，我们也绝对要窃窃私语。即使有一天，我们都死了，如果有一个人要下地狱，我们也愿意陪着彼此。那时，苹定会拉着我的手说，亲爱的，天堂太拥挤了，让我们去地狱猖獗吧！

总有那么一个人，陪你走过好多岁月，然后静静镶嵌在生命里，成为此生最珍贵的财富。朋友就是用来相互取暖的。

雪的盛宴

张亚凌

最广阔、最仁慈的避难所是大自然。

——莫罗阿

四十年前的关中农村，有些人家还是茅草压顶的低矮的房子。大雪过后，那些房子的屋檐就变成了华美的舞台，雪是独舞者，阳光则心甘情愿地充当了道具。

寒冬里刚出来的太阳，像初来乍到的小姑娘，怯怯地，试探地散发着一点微弱的光。屋顶的积雪就按耐不住了，马上欢舞出一层闪闪的亮。那亮，似乎推动着雪们，恍惚间，屋顶的雪如波浪般涌动起来。那亮，似乎也闪亮了你的眼睛，你的心儿也随之不安分起来。

积雪开始融化，倒有点像此刻的阳光，腼腆而羞涩。一滴，一滴，顺着茅草往下滴。也像在试探，试探地面会不会接受她们的突然造访。

慢慢地，太阳似乎适应了寒冷，放开手脚闹腾了起来，连小脸蛋也涨红了。雪们也被越来越强的阳光感染了，加快了融化速度，不再一滴一滴，而是手拉着手肩挽着肩三五成群地奔跑起来。

那时的屋檐下成了水帘洞，早已憋不住的我们便穿梭其中，好不快活。哪管冰水是打在头上，还是流进脖子里，笑声比屋檐的滴水声响亮多了。

午后，太阳倦了累了，想歇息了，那光自然也收敛多了。雪呢，也就似融非融地将就起来。消融了也不急于落下，半推半就，附着在了茅草上。

消融，附着；消融，附着。如此反反复复，倒显得很是执着。

这时你再看屋檐吧。屋檐前倒挂着参差不齐锥形的冰溜子，一长排的冰溜子。阳光下，那些冰溜子晶莹剔透闪闪发亮，煞是好看。

更神奇的景致出现了：屋檐及相应的地面，都有锥形冰溜子。屋檐处向下，地面向上，像两排巨大的白色梳齿，遥遥呼应。

而我们，才开始了真正的玩。

从玩地下那排冰溜子开始吧。蹲下来，双手绕着冰溜子搓着转着，先是双手冻得通红，而后开始发热，从手上一直热到脸上沁出了汗珠儿。汗珠儿让我们脸上的笑也活泛起来，笑声同样噼里啪啦抖落一地。

地上那排冰溜子被搓着摇着晃着，早已不能坚守阵地了，我们就开始比赛脚力了：站成一排，飞起一脚，看谁的冰溜子踢得远。冰溜子碰撞在对面的墙上，可谓冰花四溅，蔚为壮观。

地面的冰溜子消灭了，而后满脸都是汗珠儿的我们在屋檐下一字排开，一仰头，房檐上倒垂的冰溜子就恰到好处地在嘴边静候着。伸出舌头，舔了起来，宛如吃着最美的冰棒，硕大无比。

想想，冬天，穿着破裤子烂袄冻得瑟瑟发抖，却仰着脸舔冰溜子，一群可笑又可爱的小家伙。

玩累了，也真冷得撑不住了，回家前还各自数清自己的“冰棒”是第几个——明天还将继续。

明天，太阳撒欢的时候，这支队伍就开过来了。各就各位，开舔！舔着，说着，玩着，不亦忙乎，不亦乐乎。

“啪——”冰棒竟然脱落了，砸在一张小脸上，脸上便开了朵水花。那家伙竟然忘了疼，像中了彩般笑了起来。于是大家就开始猜测，第二个会是谁？有期盼又有畏惧，那种心情，就叫矛盾吧？

直到嘴巴够不着了，“冰棒”不复存在了，又回归到了最初的冰溜子，而我们就进入射击阶段。

乡下孩子野，女娃个个都像花木兰。男孩女孩，一个一把弹弓，目标就是变小了的冰溜子……

童年的冬天，冷吗？很冷。有期待吗？不是大火炉而是大雪，期待着奔赴一场雪的盛宴！

春来赏花，冬来赏雪。大自然带给我们的财富，永远超越事物本身。

鹅卵石与金戒指

蒋光宇

你应该将心思精心专注于你的事业上。

——毛姆

一位自以为颇有才华的青年因得不到重用,非常地苦恼。他愤愤不平地质问上帝命运为何对他如此不公平。

上帝带他到了阳光灿烂的海边,海边有许多大大小小的鹅卵石。上帝从海边随便捡起一块小鹅卵石，又随即向不远的地方扔了出去，随后问青年：“你能找到我刚才扔下去的那块鹅卵石吗？”

“不能。”青年摇了摇头。

上帝把手指上的极其精致的金戒指取下来，像扔上面的那块鹅卵石一样,又向不远的地方扔了出去,随后又问青年:“你能找到我刚才扔下去的金戒指吗？”

“能。”青年不一会儿就找到了在阳光下闪闪发光的金戒指。

“你现在明白了吗？”上帝问道。

青年犹豫了一阵,醒悟地回答:“明白了!当我抱怨自己怀才不遇的时候,我还只不过是一块小鹅卵石,而远远不是一块金子。”

上帝满意地说:“很对!一个人好比是一个分数,实际才能好比是分子,对自己的估价好比是分母。把分母估价得越大,分数值则越小。”

上帝又带他到了垃圾处理站,让他将金戒指埋在垃圾堆里,然后又让他将金戒指找出来,并冲洗干净。

“你现在明白了吗？”上帝又问道。

青年沉思了一阵，没有把握地回答："差不多。世界上没有绝对的公平。金子也有被埋没的时候，但金子毕竟是金子，冲洗干净之后仍然是闪闪发光的金子。"

上帝又满意地说："很好！废物放对了地方，可能成为宝贝；宝贝放错了地方，可能成为废物。即便你是一块货真价实的金子，也应经得起形形色色的考验，像莲花那样出于污泥而不染，保持洁身自好的本色。"

上帝又带他到了黄金市场，让他到几家商店打听一下这枚金戒指能卖多少钱。

青年打听完了之后告诉上帝："各家的说法不一，价格相差得也很大。"

"你现在明白了吗？"上帝又问道。

青年不假思索地回答："市场的价格是围绕着价值上下浮动的。即便我是一块货真价实的金子，大家对我价值的认可程度也不会一样。"

上帝又满意地说："不错！别人怎样看待你的价值并不重要，重要的是你自己怎样看待自身的价值。即便你是一块货真价实的金子，多说己长便是短，自知己短便是长。一个人的真正伟大之处就在于能认识到自己的渺小。当然，这同善于挖掘出自身的潜能，经营好自身的价值是不矛盾的。"

我们总是陷入误区，在事业不顺畅的时候，老觉得是命运在捉弄自己。然而事实是，我们的确还需要历练和成长。

少有大志尤可贵

陈鲁民

志量恢弘纳百川，避游四海结英贤。

——马致远

民间有语：三岁看到老。细细想来，不无道理，纵观古今中外那些伟人名流、成功人士，多是少有大志，胸怀千里，从小就与众不同，“野心勃勃”。

最出名的当然是《史记》所载的两位枭雄，看到秦始皇巡游的浩浩荡荡队伍，小屁孩刘邦说“大丈夫当如是”，玩尿泥娃娃项羽更狂，居然要“彼可取而代之”。果然，20年后，就是这两人统率千军万马在争天下，演出了一幕威武雄壮的历史大剧。

明朝的大政治家张居正自小就聪明异常，人称神童。8岁便熟读四书五经，后来在13岁去参加乡试之前，写下了一首诗《咏竹》：“绿遍潇湘外，疏林玉露寒。凤毛丛劲节，直上尽头竿。”天用竹来表志，倾慕寓意着正直与清高的竹“节”，渴望像竹一样蓬勃向上，童趣中蕴含着大志，稚嫩里流露出器张。

同样是13岁时，毛泽东也写过一首《七绝·咏蛙》：“独坐池塘如虎踞，绿杨树下养精神。春来我不先开口，哪个虫儿敢作声。”大得老师赞赏，称其气度非凡。其后来的雄才大略，气压群雄，此时便可略见端倪。再联想到他青年时的“问苍茫大地，谁主沉浮？”中年时的“数风流人物，还看今朝”，晚年时的“横扫一切害人虫”，其豪气志向可谓一脉相承。

还有一个13岁的孩子叫周恩来，在沈阳东关模范高等学堂读书时，校长问大家：“读书为了什么？”或曰升官发财，或曰光宗耀祖，或曰发家致富，或曰帮父母记账，或曰好找工作，唯独周恩来大声表示“为中华之崛起而读书”。中学毕业时，他给一个要好的同学写了临别赠言:“志在四方”,“愿相会中华腾飞世界时”。后来,他果真为国为民立下丰功伟绩,彪炳史册,成为一代伟人。再说陈独秀,他是一个奇怪的孩子,和小伙伴做游戏,总爱扮龙的角色,而在那个时代,龙还是皇帝的代名词,玩这种游戏有遭人举报的危险。陈独秀为此没少挨祖父打。但无论如何挨打,他总是一声不哭,把祖父气得不止一次愤怒而伤感地骂道:“这个小东西将来长大，必定是一个杀人不眨眼的江洋大盗,真是家门不幸!”果然,这个孩子长大后成为20 世纪中国的盗火者普罗米修斯,而且一直龙性不改,直到晚年还写诗自励:“悠悠道途上,白发污红尘,沧海何辽阔,龙性岂能驯。”

孙中山童年时,最喜欢听一位曾跟随洪秀全的太平军老战士冯爽观讲打仗的故事,他十分敬慕洪秀全。有一次在听讲中禁不住脱口而出:“洪秀全灭了清朝就好咯！”冯爽观高兴地摸着孙中山的小脑袋说:“你真是洪秀全第二啊！”从此,孙中山在和同伴玩游戏时就常以“洪秀全第二”自居,“驱除鞑虏”的思想就从这里萌芽,推翻满清的志向就从这里孕育。

“人生有大志,何处不翻飞？”少有大志,可提供发奋读书的动力,可增强克服困难的韧劲,可激励探索进取的兴趣,可培养水滴石穿的毅力。而一个胸无大志的青少年,日后成就伟业的可能性极小。因而,每个望子成龙、望女成凤的父母,在不遗余力培养孩子画画、弹琴、跳舞、打球等种种爱好的同时,也千万不要忘记培养孩子的远大志向,鼓励孩子“人生为一大事而来,做一大事而去”。少年时栽下的志向幼苗,将来一定会长成枝繁叶茂的参天大树。

我们讲志当存高远,我们又讲好男儿志在四方。你看,有志向、实现志向是一件很光荣的事情呢!

像鹰那样

叶浅韵

从不为艰难岁月哀叹，从不为自己命运悲伤的人，的确是伟大的人。

——塞内加

秋风瑟瑟的街头，一个瘦弱的孩子手捧着父亲的遗像，他的悲伤和眼泪被唢呐放得很大。当我的目光聚焦在那张遗像上时，我看到了一张年轻的面孔。

一片凋零的落叶打在我的头上，我不由得伸手触摸了一下自己的年龄。我脆弱的生命也似这片落叶一样，正走在飘零的路上。唯一不同的是，他生命的长度已被死亡亲自丈量，而我正等待被丈量的日子。

在那个深夜，我开始追问自己的下落。我来自何方，将去向何处？在生与死的中间，我应该以一种什么样的姿态来拓展生命的内涵。这样的反思，让失眠的夜变成一袭香冷的衣裳，独孤地与明月对视。

很长时间了，我在安乐里放生自己，随波而逐流。把自己当作一粒尘土，每天上演着与无数尘土相遇的平凡故事。从不问来处，也不惧归路。品着一杯白水，喝到凉了，然后，再续上。

就这样，许多明天，是一个个没有额度的透支卡。我随意挥霍，任性霸占。这种状态颇似一个傍上豪华大款的美少女，迫不及待地享受一切，直到某天被新欢所取代。我蓦然回头，发现，青春于我，已是一笔没有准备的坏账。

时光温柔地绑架了我，而我亦失去了反抗的勇气。它权威地安置着我的角色，无论我有没有这个能力，都必须登上这个舞台献丑或是炫美。很多时候，我被无知、无辜、懊恼、迷茫、倦怠、慵懒充斥着，可我早已习惯了逆来顺受，就连偶尔激发出来的叛逆也显得那么轻微。

我甚至常常把自己当成一棵长在山间的松树，不被修剪，不受限制，没有人工雕琢过的痕迹，只长成自己的模样。无论枝叶的自由散漫，无论躯干的弯曲长势。自恋地称之风骨。

当我看到一只鹰飞过天空时，我却产生一种想要飞翔的蠢动。我才知道自己我的身体里一直潜伏着一只鹰，一只想翱翔长空的鹰。因为我没有选择重生的勇气，所以成了一只等待死亡的鹰。如今，除了眼睛还有鹰的特征，我的翅膀和爪子，还有喙，都变了样子。

是一场与我无关的葬礼，它解救了我的迷茫。我开始对我即将逝去的青春感到无比羞愧和后悔。

我被生活规训成一只陀螺，早已习惯了独善其身。我时常带着一种惰性的思维对生存作出最疲软的抵抗。我以为我不给这个世界制造混乱，就是一种贡献。

后来发现，我被染色了。在别人评判的眼光中，我被赋予一种别人需要的色彩。哪怕我尽力要做到的不缺位和不越位，也显得有些力不从心。

变形的思维，接受着无数的荒诞和离奇。我究竟还揣着多少真实，又诱骗了多少糊涂。喝过无数次喜酒，有多少次让欢喜与自己同行，参加过无数次葬礼，又有哪次的悲伤直抵心中。

这优柔的青春，到底祸害了多少理想？这寡断的决策，埋藏着多少祸根？想要放弃，又无法做到彻底。想要坚持，却不是那么执着。

我想起了鹰的蜕变。

通常，一只鹰有七十年的寿命，但当它活到四十岁的时候必须面临一次选择。那时，它沉重的翅膀让飞翔显得吃力，老化的爪子在捕捉猎物时不再那么灵巧，又弯又长的喙只能啄到自己的胸脯了。它要么选择死亡，要么蜕变自己。鹰飞上高高的悬崖，选择一个舒适的地方筑巢。然后用它的喙敲打岩石，直到完全脱落。它静静等新的喙重新长出。再用喙拔掉指甲，等指甲长出后，再拔掉羽毛。新的羽毛长出后，鹰又可以飞翔了。经过这漫长而疼痛的一百五十天，鹰又获得了三十年的生命。当然，也有经受不起痛苦而选择放弃的鹰。

这种对自我的重新认识，有解剖的意味，疼痛是在所难免的。我知道，一个迷失的自我，必定要丧失一切本真。我必须像鹰那样作出艰难的选择。在不确定的未来，给自己一次重生的机会。

一只神鹰飞过蓝天，我忽然产生了无限的动力，仿佛我新的翅膀就要长出来了。

每个人到最后只能独自面对断壁残垣，每一次磨难，都附带着重生的机会。所以我们需要磨难，更需要重生。

成功问答录

蒋光宇

千磨万击还坚劲，任尔东西南北风。

——郑板桥

约翰·伍顿是美国UCLA篮球队的教练，曾领导球队连续拿到十多次全美篮球比赛的冠军。

有位教练问他："你是如何指导球员，让任何一名球员进入球队后都变成冠军队伍中的一员的？如何才能像你一样成功？"

约翰·伍顿回答说："即使是篮球巨星，也要每天站在篮下5米处练习500次的基本投篮动作。因为球员只有每天练投500次，遇到紧急状况时才能有超水准的表现。基本动作是最重要的，时日一久，球员必有相当程度的改变。"

盖瑞·布雷尔是美国高尔夫球场上的名将，在比赛中经常能准确地挥出完美无缺的一杆。

有位高尔夫球运动员问他："怎样才能挥出完美无缺的一杆？如何才能像你一样成功？"

盖瑞·布雷尔回答说："我每天早上起来坚持挥杆1000次，双手流血，包扎过后继续挥杆，连续挥了30年。"

接着，盖瑞·布雷尔又说："你愿意付出每天早上起来坚持挥杆1000次的代价吗？你愿意重复一模一样的单调动作吗？"

比尔·戴维斯是世界第一流的保险推销大师。在他的退休大会上，吸引了保险界的各路精英。许多同行问他:“推销保险的秘诀是什么?如何才能像你一样成功?”

比尔·戴维斯坐在台上,自信地微笑着,看来对回答这个问题是胸有成竹,早有准备。

这时,全场灯光逐渐暗了下来,接着从幕后走出了四名彪形大汉。他们合力扛着一座铁马,铁马下垂着一个大铁球。当现场人士丈二和尚摸不着头脑时,铁马被抬到一个十分结实的讲台上。

比尔·戴维斯手执小锤,朝大铁球敲了一下,大铁球没有动;隔了5秒,他又敲了一下,大铁球还是没动。就这样,每隔5秒,他都再敲一下……

10分钟过去了,大铁球纹丝不动;20分钟过去了,大铁球依然纹丝不动;30分钟过去了,大铁球还是纹丝不动……

台下的同行开始骚动了,后来有人陆续离场而去,再后来人越走越多,最后留下来的只有零星几个人。但是,比尔·戴维斯手执小锤,还是全神贯注地持续敲着大铁球。

经过40分钟后,大铁球终于开始慢慢地晃动了,后来摇晃的幅度越来越大,就算有人想让大铁球立刻停下来,也是很难办到的事情了!

留下来的几个同行兴奋了,又开始追问他:“推销保险的秘诀是什么?如何才能像你一样成功?”

一直默默不语的比尔·戴维斯说:“只要方向对头,成功者,绝不会放弃;放弃者,绝不会成功。”

固执也好,坚持也罢,不过是对目标的坚定认同,然后就是不顾一切想要去到达。

火炉烘暖了冬天

张亚凌

夕阳河边走举目望苍穹，袅袅炊烟飘来了思乡愁。

——满文军《望乡》

很多年前，乡村冬天最持久的记忆就是房子里有个方方正正连着土炕的大泥炉子。别小看这个泥炉子，它将严寒乃至饥饿都隔在了房子外面，烘暖了冬天。

记忆里，冬天一来，似乎整个世界都冷缩了。厨房也一闪身，缩进了有火炉的房子里。

最高兴的就数孩子们了，他们因火炉而逃离苦海。想想吧，在厨房做饭，风箱前哪家孩子不是尖屁股坐不安稳？玩的念头就像不倒翁，被母亲的呵斥刚压下去，又被窗外的欢声笑语挑逗起来，风箱拉得心不在焉，火苗儿也半死不活。“火！火呢？”有的性情暴烈的母亲训斥时往往还伴有大幅度的脚起手落，孩子便绷着脸委委屈屈勉勉强强地拉着风箱。

沉寂了三个季节的火炉终于睡醒了，最最高兴的自然是那些被囚禁在风箱前的孩子们了，恨不得抱起火炉亲个够。

火炉子倒真的很疼爱孩子们，不仅仅把他们从风箱前解放出来。它真神奇啊，从里往出冒的不仅仅是火苗，还有温暖，快乐，幸福。

火炉子连着土炕，炕上平平地铺着厚厚的被子，啥时候都是热烘烘的。捣蛋鬼们在外面玩久了，手冻得僵硬好像石头，窜进屋里，伸进被子里，一会儿就松软舒服了，比直接烤火炉温顺多了。

好像母亲一整天都在炕上坐着，不是纳明年要穿的鞋底就是纺线或是裁剪过年的衣服。来串门子的大婶大妈都带着活计，母亲就边拍打着炕边热情地发出邀请，“热乎乎的，赶紧上来”。三个女人一台戏嘛，手底下忙活着，嘴里也不闲着，热闹的序幕就拉开了。

冷静的冬天,孩子们任何时候回家,焦渴的喊声都会有殷勤的回应,家里温暖而热闹。这还不得感谢火炉?

下雪了,飞飞扬扬,大雪盖住了房屋盖住了旷野,却盖不住孩子们欢呼雀跃的心。打雪仗,堆雪人,几个来回,布鞋底就湿透了。哪有那么多的鞋子换着穿?大人们忙啊,忙得昏头转向还填不饱那些咕咕响的小肚子。

父亲是智慧的化身,铁丝做个支撑架,放在火炉上,烘烤鞋子、衣物,很是方便。尽可以放心地玩吧,只要火炉醒着,一切都可以解决。

火炉最最重要的作用似乎还不是烘烤,而是——对,解馋,让饥饿的日子荡起快乐幸福的涟漪!当然,得等大人们出门后。

几个小家伙在房子里没事干,闲得手痒痒。于是取来粉条,就开始走向烘烤艺术了。

举着红薯粉条,靠近炉火。遇热,瘦瘦的粉条立马骄傲地呻吟起来,嘶——,膨胀了一节,一膨胀就扭曲了。扭曲的形样由靠近火苗的远近及个人技术所决定。对了,是看得见的延伸着的动态膨胀。

他手里的膨胀成一个大大的"8"字,她的不甘寂寞地开成了一朵花,那个小家伙的呢,干脆扭七裂八就是不让你看出它像啥。咬一口,连响声都是脆生生的。

烤红薯,烤馍片,特别是蹦豆子。炉盖上放些豆子,火候到了,噼里啪啦,豆们在快乐地炸裂的同时,腾身而起。乐呵呵地满屋子捡拾豆子,膨胀着的快乐便飘荡在热气里。

大人们在家,孩子们是不能疯玩的。有些无聊了,就挤在炉子跟前,央求父亲讲故事。父亲会讲的故事还真不少,《三侠五义》《隋唐演义》《说岳全传》……听得男孩子们热血沸腾,越发粗放。女孩子呢,就坐在炕上跟着母亲学纳鞋垫,学纺线。

幸福是什么?就是跟最亲最爱的人在一起,不管是热热闹闹还是安安静静。窗外飘雪了,又是冬天。

似乎进入城市后的每一个冬天,唯一收获的就是不断膨胀着的遗憾,只因远离了火炉。冬天,也便成了实实在在的冬天,天寒,地冻,心儿冷。

一个火炉,便是一个温暖的冬天。对很多人来说,火炉所代表的,并不仅仅是温暖,还有一段如歌的岁月。

主角与配角

陈鲁民

对一个人来说，所期望的不是别人，而仅仅是他能全力以赴和献身于一种美好事业。

——爱因斯坦

在戏台上，因为形象、演技、能力、性格等原因，有些人以演主角而擅长，有些人则以演配角而出彩，他们各安其位，相得益彰，合作了许多精彩剧目，令人啧啧称赞。

历史是一个大戏台，同样也有生、旦、净、末、丑，同样需要主角与配角密切配合，精诚团结，找好各自定位，相互补台而不抢戏，这样才能有成功的演出，以经典剧目留给世人。

刘邦与萧何是主角与配角的最给力模式。主角刘邦虽少文缺武，本事不大，但他有容人之量，识人之明，用人之胆，是个合格的主角。他的几个配角则各有其长，且服膺主角，张良运筹帷幄之中，决胜于千里之外；萧何抚慰百姓供应粮草，稳定后方；韩信领兵百万，决战沙场，百战百胜。“一个好汉三个帮。”刘邦与萧何、张良、韩信的主配结合，效用最高，威力最大。

马克思与恩格斯是主角与配角的最科学模式。马克思为创建理论大厦殚精竭虑，宵衣旰食，恩格斯为马克思提供经济援助，自觉无私；马克思长于对理论体系的创建与完善，恩格斯则精于梳理与开掘；马克思的阵地主要是图书馆和博物馆，恩格斯则更关注现实的工人运动和商业社会；马克思对恩格斯的才能十分敬佩，说自己总是踏着恩格斯的脚印走，恩格斯总是认为马克思的才能超过自己，自觉甘居第二小提琴手。他们是亲密无间的朋友，他们所有的一切,无论是金钱或是学问,都不分彼此。

黄兴与孙中山是主角与配角的最合理模式。孙中山长于思想与决策,在海外进行宣传与筹款,黄兴长于实践与行动,多次参加武装起义,诚如章士钊所言:"孙、黄合作,是最理想不过的:一个是兴中会会长,一个是华兴会会长;一个是珠江流域的革命领袖,一个是长江流域的革命领袖;一个在海外奔走,鼓吹筹款,一个在内地实行,艰辛冒险;一个受西方教育,一个是传统的中国知识分子。"这就是所谓的"孙氏理想,黄氏实行"模式。尽管声名显赫的黄兴拥趸日增,但他始终服从孙中山的领导,不居功,不抢戏,与孙团结一致,保证了辛亥革命的成功。

洪秀全与杨秀清是主角与配角的最失败模式。主角洪秀全是落魄文人,长于宣传鼓动;配角杨秀清是烧炭工人,勇于战场冲杀,一文一武,本应密切配合,互补长短,无奈两人境界都不高,胸怀均狭窄。定都南京后,洪秀全贪图享受,任人唯亲,又嫉妒杨秀清功高震主;杨秀清则鄙视洪秀全昏庸无能,不甘居配角,步步紧逼。最后为争权夺利自相残杀,数万太平军死于无辜,杨秀清、韦昌辉被诛,石达开出逃,太平军从此一蹶不振,走向灭亡。

不论何时何地,主角与配角都是客观存在,当今社会分工越细,尤其如此。一个戏台,有主角与配角之分;一个班子,有正职副职之分;一场战役,有主攻与辅攻之分;一支球队,有主力与替补之分。主角要有大局观,胸襟要宽,气势要足;配角要有配角意识,自觉补台,不能抢戏;主角要尊重配角,名利不能独吞,配角要服从主角,锋芒不能太露,这戏才能唱下去,唱出名堂,事业才会兴旺,蒸蒸日上,欣欣向荣。

岗位没有高低贵贱之分,每一个岗位都是为人民服务的,都是平等的。做好自己分内的事,便是对自己最大的尊重。

一辆马车，载我到“马的”时代

叶浅韵

黄金时代一去不返。

——马克·吐温

小区的门口来了辆马车，马车上拉着许多土豆，还不等吆喝的声音，三三两两就来了些主顾。保安走上前去，欲言又止，最后吐出来的话是，请管好你的马，别让它到处拉粪。马车的主人，一边应承着，一边经营自己火热的生意。要知道，土豆对于在滇东北高原上生活的人们，是每天都离不了的食物。

我一边捡着还有泥土芬芳的土豆，一边观赏着旁边那匹黑得发亮的马，彪悍有力，英俊果敢，恰如这天天吃土豆长大的高原上的汉子，有劲道有风骨。年轻的母亲们身边带着的孩子，总是不安分地想爬上马车。那个不够宽敞的木质容器，它自身带有的某种神秘，或仅是孩子们眼中的一种好奇。男孩子们努力攀爬的动作，和母亲们小声的喝斥，还有马车的主人小心翼翼地说，别摔着，别摔着，让场面显得有点凌乱。

她们中好几个人用塑料袋子包住手当手套用，生怕泥土沾上她们白嫩的小手。很快，一马车土豆被小区里的居民们陆续“瓜分”了，卖土豆的大爷掏出一大摞零零总总的钱，高兴地沾着唾沫星子正在数着。保安走过来了，你看，马粪蛋子一地都是，赶紧弄掉，弄掉。大爷从马车上怎么也找不到一种合适的工具来清理，只见他拿过两个袋子，用双手一点一点地清理了装进去。他还笑着说，这好东西我还舍不得丢呢，农家肥，环保！保安捂着鼻子，一副厌恶的表情。

我用手摸着袋子里的土豆，就像我的母亲投入大地的怀抱那样，心一下就踏实了。这些年,我从饮食、休闲、娱乐等诸多生活方式都进行了彻底的改造,以便我能更加融入这个城市。然而,居住在心灵深处的,作为大山的女儿的本色,却从未改变过。只要一声呼唤、一个触点、一种影像,我就回归了本色。从来不敢以一种优越的奢想,凌驾在养育过我的山水身上。我知道,布衣土帽,才是我最初的样子。

我在无人的地方,就想赤足走路。而我的双足在遇见石子和枯草时,总是显得那么娇嫩。一不小心,疼痛就从脚底侵袭到心脏。这种蜕变的暗示,曾让我苦闷很久。就如我日夜怀念的故乡,从我投入它怀抱的那一刹那开始,我就想挣脱它的拥抱一样。一种尴尬在两处离索之间,来回地折腾着。我从来割裂不了身心能够到达的地方,无论是清醒的负累,还是洒脱的壮举,都没有一丝一毫佯装的成分。

就比如,我在小区门口遇见的这辆马车。这样的马车,这样的马车司机,我是多么多么熟悉呀。

乡间的小路上,春有百花,夏有麦香,处处是静谧和谐的风景,除了大自然虫鸟的鸣叫,就是马脖子上挂着的铃当了。谁家的马车远远地来了,马车司机的裤腿被风吹得鼓鼓的,像两只吹饱的气球。缰绳紧握在双手,“驾”一声,威风四起,马儿奔蹄直奔,后面扬起一阵黄灰。作为有“车”一族,他们常常被乡间的人请去拉生产生活物资,好酒好肉好烟招待着,享受着无尚的荣光。谁家的闺女要是嫁了个赶马车的马车司机,那一定是值得谈论的资本。

在90年代初期,马车甚至作为小城市里的一种重要交通工具,被人亲切地称为“马的”。有专门的“马的”车场,专门运载客人到城郊的火车站、电厂、溶济厂等。被改造过的“马的”,有软座,遮雨的顶篷、遮阳的帘子,舒适度很高,收费一元钱。当“得、得、得”的马蹄声响起,心的航向立即就有了着落。比起乡间颠簸的小路和简陋的装备,这已算是豪华的享受了。

我坐在马车上,思绪穿越时空,回到那个烽火连绵,群雄四起的年代,两个轮子的战车曾威力无比,为一个时代的崛起立下汗马功劳。又沉醉在英国贵族的漂亮四轮马车里,享受舒适和优雅,马车是那个时代缔造淑女和绅士一个必不可少的工具。我甚至看到诗经里 “淇水汤汤，渐车帷裳 ”的那个被休的女子，她在悲戚的眼中是决绝和勇敢。不等我在华丽的回忆中苏醒，我的马车旅途就结束了。

时代要过滤某件物品时，只是一个迅雷的响声，我甚至还来不及与那个时代留下一张亲密的合影。汽车代时代来临了！大街小巷处处流动着各种颜色的轿车，从最初的蓝白相间的出租车，到如今让人眼花缭乱的各型车辆。就连乡村，也不再是马车的圣殿。

从一辆马车进入我的视野开始，我就明白，即使“马的”时代已然悄退，但在时代文明发展的天梯上，它仍是一级不可或缺的梯凳，人类正是攀援着一个又一个这样的梯凳不断前进的。犹如历史的长河中，无数翻腾着的浪花，它们以自己的方式欢送一条河流投向大海的怀抱，在流经的地方绽放不同的风景，然后才有大海的胸襟和气度。

人生如寄，一切都将过去，没有人能在岁月的苍容里划一道不灭的痕迹。不管你是意气风发，还是平淡落寞，都将被收罗在历史的尘埃中。流云过千山，本就一场梦幻，只要不被生活的烦恼笼罩，活着就是微笑。

做最好的一名

蒋光宇

作为确定的现实的人，你就有规定，有使命，有责任，至于你是否意识到这一点，是无所谓的。

——马克思

那年到广州听成功学的系列讲座，王老师讲课的题目是：如何鼓励下属成功。他先给我们讲了一个故事：

有一天，一个士兵给拿破仑送信，由于马跑的速度太快、时间太久，在眼看到达目的地之时猛跌了一跤，那马一命呜呼，再也没站起来。

拿破仑看过信后，立刻写了回信，交给那个士兵，催促他骑上自己的战马，赶紧把回信送出去。

士兵看到那匹强壮的骏马，身上装饰得华丽无比，便对拿破仑说："不，将军，我仅仅是一个普通的士兵，实在不配骑这匹漂亮强壮的骏马。"

王老师讲到这里就停了下来，让学员们猜猜拿破仑将如何回答。

有的学员说："拿破仑可能会让他立刻执行命令，因为军人应以服从命令为天职。"

有的学员说："拿破仑可能会向他说明回信的重要，甚至关系到战争的胜负，军队的存亡。"

后面发言的学员讲的也都差不多。

王老师摇了摇头说："拿破仑斩钉截铁地回答道：'世界上没有一样东西是法兰西士兵所不配享用的。'拿破仑没有打任何官腔，那平等、亲切的人情味，让那个士兵深受感动，并彻底抛弃了自卑自贱的想法，像个伟大人物那样跃马奔驰，又一次出色地完成了任务。后来，那个士兵成为一名优秀的军官。”

接下来，王老师又给我们讲了一个故事：

第二次世界大战后期，盟军准备发动一次大的进攻。一天傍晚，盟军统帅艾森豪威尔来到莱茵河畔散步，看见一个神情沮丧的青年士兵迎面走来。艾森豪威尔打招呼道：“你还好吗，孩子？”

那青年士兵回答：“我烦得要命！”

王老师讲到这里又停了下来，让学员们猜猜艾森豪威尔将如何回答。

有的学员说：“他是盟军统帅，一定会说：战争就要打响了，你为什么萎靡不振？”

有的学员说：“你沮丧什么？军人应当视死如归，而不应该贪生怕死！”

后面发言的学员说的也都差不多。

王老师又摇了摇头：“艾森豪威尔说：‘嗨，你跟我真是难兄难弟，因为我也心烦得很。这样吧，我们一起散步，一起探讨如何打赢这次进攻，这对你我都会有好处。’艾森豪威尔没有打任何官腔，那平等、亲切的人情味，让那个士兵深受感动。士兵为有这样同呼吸、共命运的统帅而振奋。后来，那个士兵在战场上表现得十分英勇，多次立功。”

为了进一步阐述如何鼓励下属成功的一个观点，王老师读了道格拉斯·马拉奇的一段小诗：

……

我们不能全是船长，必须有人去当水手。

每个岗位有许多事等待我们去做，

有大事，有小事，

但最重要的是做好我们身旁的事。

如果你不能成为大道，那就当一条小路；

如果你不能做太阳，那就做一颗星星。

不能凭大小高低来断定你的输赢，

不论你做什么，都要争做最好的一名。

最后，王老师用计算机在字幕上敲下了这样的话，作为如何鼓励下属成功这一课的总结：

“要以平等的身份和榜样的力量让下属懂得，自信是成功的第一把钥匙。权力大小和职位高低不是断定一个人价值和前途的根本标准。不论做什么工作，最重要的是敢于超越自我，全力做好身边的事，全力争做最好的一名。”

岗位没有高低贵贱之分，只要热爱，便可以在平凡的岗位上发光发热，为人民贡献一份自己的力量。

幸福的钱

张亚凌

人生不满百，常怀千岁忧，昼长苦夜短，何不秉烛游。

——安妮宝贝

突然下起了雨，街上的人一下子少了，倒也免去了往日的喧嚣，留下了难得的宁静。

青菜，一块钱一把，鲜嫩鲜嫩的，看着都舒心，不过没人买。明知家里还有，还是买了几把。

没有零钱，就递给那位大爷一张二十块的票面。

他解开衣扣，从里面的兜里掏出一个钱包。打开，一沓钱，二十块，十块，五块，一块，按大小整理得平平展展。老人将找的零钱递到我手里，每一张钱都是那么平展，尽管票面上能看出曾经的折痕。

心生好奇，我便问老人，您的钱咋这么平整？老人笑着说，我把它晚上压在席子下面，就压得平平展展的。老人看那沓钱，目光是柔柔的，疼爱的。

突然觉得，老人手里的，是一沓幸福的钱，——被主人极为疼爱的钱，不就是最最幸福的钱吗？恍惚间似乎回到了小时候，那时家里的钱和老人的钱一样，也是极为幸福的。

小时候，母亲一个月的工资就十几块。钱都放在家里的抽屉里，抽屉也从不上锁。

我常常面对抽屉进行良心上的挣扎。我喜欢看书，2 分钱看一本。书的诱惑不可抗拒，我就得拥有钱。四下张望，没人。走近，拉开抽屉，取了一张 2 毛一张 1 毛，都走到房门口，又折回来。一次拿 3 毛是不是太多了?3 毛可以给家里买几斤盐吃半年。于是又放回去2毛，只拿了1毛。关上抽屉，没转身，就又后悔了。又拉开，犹豫一下，再捏两枚2分的硬币。

总是拿着偷来的钱溜到书摊前。2分钱一本书啊。我拿着书，既想很快看完，把那些书都看完，又明明确确地知道自己手里的钱不够看几本书的。所以就一个字一个字像刀刻般地看，只想看过就背过，那样才合算啊。

呵呵，大爷手里的钱，30多年前家里被我偷出来的钱，不都是最最幸福的钱吗？

生活的滋味，需要慢慢去体味。每个普通人的幸福，都是从细节里体现出来的。